The Sorcerer King of Destruction and the Golem of the Barbar

伙伴。
喚
人啊。
論
毀滅魔導王與
The Sorcerer King of Destruction and the Golem of the Barbarian Queen
魔像蠻妃

Kadokawa Fantastic Novels

毀滅魔導王與魔像蠻妃

The Sorcerer King of Destruction and the Golem of the Barbarian Queen

北下路来名 著

Text by Northcarolina

芝 畫

Illustrated by Shiba

01

Contents

序章

魔像。

那是在這個世界，人類所能使用的最強兵器之一。

它們是由古代土魔術煉製而成的精銳魔兵。

魔像使自由控制這些魔兵戰鬥，它們有時是忠誠的看門狗，有時就像自己的手腳。

步兵使用的槍或弓箭之類的武器，完全無法對軍用重型魔像身上的厚重盔甲造成傷害。即使熟練的魔術師用強力魔術攻擊，大部分也都會被魔像的身體表面輕易彈開。

而且它們的強勁手臂發出攻擊時的破壞力，實在難以言喻。

如果魔兵揮舞那異形般的武器，無論是多麼勇猛的騎士，只要吃上一擊，都會與身下的愛馬一同化為無法言語的肉塊。就連抵擋萬千敵軍的堅固城牆，也會宛如腐朽的木欄般輕易粉碎。

沒錯，論陸地上的正面作戰，軍用重型魔像是最強的。

雖然是最強，但是——

「居……居然全滅……對方只有一具，而且是非武裝的輕型魔像啊！」

這裡是基那斯藩北方，灰土大溪谷。

藩內自豪的精銳部隊——第一土魔兵中隊的眾人對於眼前的景象啞口無言。

中隊持有的十三具重型魔像，在僅僅不到四十秒的時間裡，被一具甚至手無寸鐵的輕型魔像全數消滅。

這本是不可能的情形。

一名男子站在崖邊，操控這具雪白靈活的魔像。

幾乎沒有關於這名男子來歷的官方情報。

不過另一方面，他有大量的別稱。

緹巴拉的惡夢。

冒險者千人斬。

傳說中的魔像使，提提歐．馬帝斯的轉世——

隊員們多少也都有聽說男子可怕的戰績，以及許多關於他的奇聞軼事。

但是沒有任何人相信。

以為只是誇大不實，流傳於酒館內的胡言亂語。

如果謠言包含一部分事實，那個男人或許只是血祭了數十名敵對冒險者之類的程度，那麼在場的隊員都有自信可以對付他。

因為提提歐・馬帝斯也不過是他們在年幼時期，或者出生之前就存在的古代魔像使之名而已。沒有人能夠實際感受並且理解他的強大。

隊員們出任務前還為了提振士氣，順勢笑著打賭，看誰能殺死那個男人一舉成名。

賭上最高級葡萄酒的酒錢，作為任務成功及平安返回的獎賞。

這時，偌大的溪谷一帶傳來近似爆炸的轟鳴聲。強勁的衝擊波使山谷之間的野生針葉樹劇烈晃動。同時可以看見破碎的漆黑厚重裝甲，與塵土一起漫天飛揚。

中隊長操控的最後一具魔像，最終也凋零於灰色大地。

殲滅身經百戰隊長機的雪白魔像安靜地站在那裡，彷彿什麼事都沒有發生。

隊員們睜大眼睛，一起倒吸一口氣。

有一半是因為恐懼，但是另一半完全是不一樣的情緒。

站在他們眼前的雪白魔像——是的，那具魔像美麗到令人不禁屏息。

如同優美的女神，肢體纖細勻稱。

一頭雪白光滑，透亮的少女長髮。

好像只消看上一眼就能勾魂攝魄的深紅光輝眼眸。

……還有那奇妙的長形耳朵。

大家都知道那個耳朵形狀是古代神話民族「谷之民」的特徵。
如今現場的所有人，都想起了曾經在神話中聽聞的某個詞語。

鸞妃——

那個殘酷又美麗的女神，就在眼前。
宛如魔像的鸞妃。

第1話
開端與選項

當我回過神來，我穿著超土的睡衣站在原野之中。

睡衣上的圖案好像是黃色的貓……

不，這是狸貓吧？

總之，黃色神祕動物的臉，滿滿地印在廉價藍色布料的長袖睡衣上。

這太糟糕了。

完全不是前途無量的青少年會穿的睡衣款式。

雖然是我前幾天在附近的購物中心買來的東西。

我會買這個，當然是因為很便宜。

但不只是因為這樣，還有我對這沒有人挑選而沒賣完的醜貓……嗯？還是豬？反正我就是對印在這件睡衣上的動物產生了莫名的憐憫之情。

——不對，等一下。睡衣有多土，現在根本不重要。

問題是我為什麼會站在原野之中。

我記得自己應該是在家裡的被窩中入睡。

「這到底是哪裡？是作夢嗎……？」

太陽好像已經升到相當高的位置。

我站在一片青綠闊葉樹林中的圓形草地中心。遠方的樹梢隨風輕晃，茂盛的雜草也輕柔擺動。

這個地方給我的第一印象就是恬靜美麗。

雖然沒有人的跡象有點冷清，這裡是某處的庭園嗎？

這時我突然察覺到腳下的不協調感。

看起來好像只有我的腳邊沒有生出雜草。

從赤裸的腳底傳來一絲冰涼。這不是土壤，是水泥嗎？也許是石頭的觸感。

我不經意地往下看——

「嗚喔！這是什麼？」

我吃驚地忍不住叫了一聲。

我站在如血般鮮紅的石頭地板上，而且上面還畫著一堆不祥幾何圖案的神祕圓陣。

神祕圓陣——其大小約直徑一百五十公分。

看起來完全就像個魔法陣。我找不到其他更適合用來稱呼腳下這奇異圓圈的名字了。

不過這怎麼看也不像是幻想童話世界中，充滿希望的奇幻魔法師們所使用的魔法陣。

應該用什麼來比喻才恰當呢？要說的話，大概就像崇拜惡魔的邪教組織用來獻祭的魔法陣，一眼看上去就顯得不吉利。

用不知道是哪種塗料的紅黑線條，在整個圓陣裡刻滿像扭曲的蛇一般複雜奇異的花紋。而且花紋的間隙還有毫米單位的細緻緊密線條，彷彿就是要把留白部分全部填滿……

如果這種東西是惡作劇，那麼光是作畫就相當勞累。

不知道為什麼，我感受到繪製者驚人的執著。太可怕了。

然後我為什麼會站在這東西的中間？我超怕。

老實說，此時此刻我只有不好的預感。

不過我對於自己現在所處的地方，完全欠缺情報。

說穿了，除了穿著老土睡衣站在神祕圓圈上，其他我什麼都不知道。

是的，我一秒都不想停留在這令人毛骨悚然的神祕圓圈上。

我從圓陣試著向外踏出一步。

嗯？這是什麼？此時我的腳尖好像頂到一堵看不見的牆。

我不知道是否該用牆壁來形容這個感覺。

確切地說，就像厚實的靜電膜，柔軟又有強大的阻力……如此令人無法理解的力場，沿著圓陣外圍把我罩住。

咦？等一下。難道我被關在裡面了嗎？

真是受夠了，我這麼想並試著用手推了推這道看不見的牆。

——下一秒的結果不如我預期，掌心感受到的阻力輕易消失了。

我失去支撐力向前傾倒，就這樣在石頭地板上搖晃地前進了幾步。緊接著以快要跌倒的前傾姿勢踏出圓陣。

這時，我突然聞到草木清香。

耀眼的陽光射進我的視野，清澈的藍天使我稍微眼花。

微風就像不久前急速生成似的，掠過我的臉頰。

彷彿臉浮出水面一樣，五感立刻變得清晰。

看來剛才那堵看不見的牆，可以用來阻斷外界刺激……現在我還是不知道是運用什麼原理，但不這麼解釋的話就說不通了。

然而我還是很困惑。

透過恢復的五感能夠感受到空氣與日照溫度。腳下傳來過於真實的草的觸感。所有的這些對我來說，都強烈暗示著某種可能性。

總之，也就是說——

「這不是夢……吧？」

陷入這種莫名其妙的情況，使我相當混亂。

但老實說，此刻的我還沒有抱持著相應的危機意識。畢竟這片草原實在太寧靜了。

天空藍得澄淨透亮。

附近一帶安靜無聲，別說人或野獸了，就連鳥類的鳴叫也聽不見，日照溫暖柔和。綠景優美，和風徐徐。

如果無視邪惡的魔法陣，現在的氛圍就好像是來野餐一樣。

我放鬆地環視周遭的樹木——

然後視線停留在某一處。

看似圍繞著草地生長的樹林，只在那一處不自然地間斷。

那個地方能看見紅褐色的岩壁。

岩壁上裂出一個大洞。

是洞穴。是自然產物呢？還是人為的？

洞穴之中一片漆黑，從我的位置沒辦法看清楚裡面的情況。

就只是一個深黑洞穴。

能夠隻身通過的洞穴。

就在這時。彷彿開啟了什麼開關，我的腦中湧現一種奇妙的感覺。

能夠隻身通過的洞穴。

必須進入洞穴。

到底是誰必須進入洞穴呢？是我嗎？

突然有一股強烈的衝動驅使著我。

猛烈的衝動。甚至已經可以說是渴望了。

想要進入那個洞穴。

不知道為什麼，我變得完全不考慮除此之外的行動項目。

我往洞口的入口方向走去。

像胃在燃燒般的莫名焦躁。

我抑制想要笨手笨腳奔跑的衝動，但還是快步往洞穴前進。

距離入口還剩十公尺。我想快點進去。

五公尺。快，再快一點。

兩公尺。急得連腳也不聽使喚。

還有四步，三步，兩步。

一步。然後，我……

——由於過於急躁，我在洞穴入口附近狠狠地撞到腳的小趾。

「嗚喔喔喔喔喔喔喔！咕嗚嗚嗚嗚嗚嗚嗚……！」

我發出足以撕裂空氣的慘叫，然後像小狗一樣悲鳴。之後蹲在地上，痛苦得快要暈厥。

不是撞到衣櫃的角，而是洞穴的角。

由於興奮陷入不顧一切快走的狀態。再加上洞穴入口狹窄到只容許一人通過。當然會撞到腳啦。而且我還打赤腳。

因此狠狠撞了一下。痛，痛，好痛！我直接痛哭。

稍微舒緩疼痛後，我一邊顫抖一邊緩慢地站起身。

沒錯，就像隻剛出生的小鹿。

我小心翼翼地確認腳的小趾情況。雖然痛得要死，但是看起來應該沒有骨折。

……此時，我察覺到一件事。

我直到剛才都受到難以形容的強烈衝動驅使，明明那麼想進入洞穴，但當我從腳趾的痛楚和緩過來時，不知道為什麼那股衝動卻已經完全消失。

真奇怪。我直到剛才都把進入洞穴當成是人生大事一樣。

…………

好討厭的人生啊。恢復理智真是太好了。

順利恢復理智後，我試著從入口查看剛才害我撞到腳趾的洞穴。

奇怪？洞穴的另一頭可以看見微光。

這好像是隧道。可以通過啊。

距離出口有一段路程，但我想並沒那麼遠。

我從入口處往後退了幾步，重新觀察洞穴外面的紅褐色岩壁。

除了這座隧道，岩壁上什麼都沒有，就是一面絕壁。高度也是令人不想攀爬的程度，恐怕超過十公尺。

仔細一看，這紅褐色的絕壁好像包圍了周圍一帶。

也就是說，我現在所處的這個莫名其妙的地方，是被紅褐色絕壁包圍，地形上與外界阻隔的盆地中央。

不對，也沒有被阻隔。至少還有這座隧道。這可能是連結外部與盆地內部的通道。

盆地內的總面積，看上去感覺有好幾座東京巨蛋。會是幾座呢？

嗯——不知道。冷靜下來思考後，我根本沒去過東京巨蛋。那當然不會知道啦。為什麼過去的我要用東京巨蛋來舉例呢？

……這不重要。

這裡是被紅褐色絕壁包圍，有數座東京巨蛋大小且幾乎正圓形的盆地。絕壁上有條感覺是連結外部的小隧道，而入口處現在有個穿著超土睡衣且赤腳的男子孤零零地站著。

沒有其他生物的蹤跡。周圍滿是鮮綠闊葉樹，空氣清新。天空晴朗，相當漂亮。

這些就是到目前為止，經調查後得知的全部重要情報。

到頭來，為什麼我會在這種地方，其原因與對策都還是搞不清楚……

我目前能選擇的行動至少有兩種。

第一種當然是就這樣進入隧道，直接穿越到另一頭。另一種是回到剛才的魔法陣，再次調查盆地內部。選了後者也就表示以掌握情況為優先。

隧道內十分黑暗，沒辦法看清裡面的結構，令人害怕。話雖如此，但要論可怕程度，魔法陣也差不多。不如說那邊在視覺上更嚇人，甚至有點超越了極限。
總之，選哪一個都有缺點。好了，要怎麼選呢……？
稍微猶豫之後，我決定先暫時回到原野上的魔法陣。
也沒有什麼特別深遠的理由。
事實上這也不是真的很難選擇。兩邊都近在眼前。只是先調查哪一個，後調查哪一個的順序問題而已。
原本應該是這樣。
我向後轉，往草原上的魔法陣邁進。
悠閒地走在寧靜的樹林裡。

❖　❖　❖

從這之後編織下去的故事裡，我好幾次面臨可以說是命運交叉點的重要選擇。
所謂的選擇，總是突如其來。
但是回顧一切之後，我思考著最重大的命運分歧點在哪裡……而那恐怕是**此時此刻**。
——我在這個時機點沒有進入隧道，而是不自覺回到有魔法陣的草原。

只是如此。

也不是因為什麼重要理由或是明確含意。

但可怕的是，這項行動就是之後延續的所有故事，得以開啟初始篇章的唯一選擇。

命運的齒輪發出巨大輾壓聲，然後開始反向旋轉。

第2話 門與芝麻開門

「好啦，回來是回來了……」

現在我正從洞穴入口回到有魔法陣的草原。

那個刻在如血般鮮紅石頭上的邪惡魔法陣仍坐鎮於此。

一開始像屏障且看不見的神祕牆好像已經完全消失了。我試著伸手觸碰魔法陣的外圍，也感受不到任何阻力。

伸出的手只是撲了空。

不過我重新觀察後發現，好像只有這個魔法陣完全從周圍的景色之中突顯出來。

周圍籠罩著寂靜平凡的蒼鬱樹林。

真是和平。

生長在附近一帶的草木，感覺不是自然的原生林。

雖然因為長年無人看管而開始沒落，但看得出原本是由某人種植而成的。一開始抱持著庭園的印象，看來也未必是個錯誤。

我不自覺看向腳邊的雜草，發現了一件事。

——從那個魔法陣旁邊，延伸出一條神祕的**線**。

那條線是使用與魔法陣一樣的紅黑色顏料，塗在地面上挖掘幾公分深的淺溝裡。前端與魔法陣連結，就像是它的一部分。

我的目光追尋著直線的另一邊，看來是穿越草地，一直往樹林裡去。

這與剛才隧道所在的方向完全相反。

我不自覺有個堅信的預感。

這條線的盡頭，一定有某種東西存在。

◈ ◈ ◈

我的預感是對的。

沿著那條線走，最後——發現絕壁上有一扇巨大的石門。

從魔法陣延伸的紅黑直線延續到樹林之中。最後穿越樹林，直到包圍盆地的絕壁。

總之，那是一條比想像中還要長的線。

這條漫長的線的前端連結一扇可以直接當成絕壁的牆面，高度看似在五公尺以上的厚重又巨大的石門。

目前門扉緊閉。

厚實的門扇上面也畫著如同魔法陣的圖紋。

不過這個魔法陣感覺沒有那麼邪惡。

我稍微觀察它的樣貌，只不過是把幾何圖案複雜地組合起來。除此之外沒感覺到什麼。

嗯。真是漂亮的設計。

……不對。或許是因為第一個魔法陣的視覺印象過於強烈，導致對美的感受遭到修正。

無論如何，我一路追蹤地面的紅黑線，穿越緊閉的門扉下方，往更深處的方向延續。

也就是說，如果真的有什麼，首先必須通過這扇石門。

「但是，傷腦筋啊。該不會卡關了吧……」

門上只有魔法陣，甚至沒有鑰匙孔和把手。

我也試著調查附近有沒有開關裝置，但別說是裝置了，就連如何開關的提示都沒有。

既然是門，那肯定可以打開。

這扇絕壁的石門十分巨大壯觀。那份威嚴簡直有「封印之門」的氣勢。

我並不具備超越人類極限的黑猩猩之力。無論如何也不可能打開封印之門。

再說，這扇門是設定成光靠人力就能開關的嗎？雖然不知道石材的重量，但就這個大小來看，肯定是以噸為單位。

啊，話說回來。我曾聽說一塊墓碑的重量，大約就是一公噸。

如果是這樣的話，那這扇超巨大石門的重量——

…………

我失望地垂下肩膀。

我無力地看著畫在門上那如同魔法陣的圖紋。腦中浮現的是一開始看見的邪惡魔法陣。

「難道這扇石門，是用魔法之類的超自然神祕力量開關嗎……」

就像之前離開魔法陣時所感受到不可思議屏障的神祕力量。

我這個抱持著現實與常識思維的人，之所以能夠輕易接受魔法之類的離奇思想，就是因為存在著靜電屏障等超出我所知的物理現象。這些明顯就是未知的事物。早晚都要面對的。

現在沒有辦法打開那扇門。真的非常遺憾。

「這下子完全束手無策啦。要去別的地方嗎？」

我抬頭仰望那奇妙的魔法陣。

然後喃喃自語。

「如果是魔法，那用咒語開啟就不花力氣啦。『芝麻開門！』……開玩笑的。」

——喀嘰。

一開始感受到的，沒錯。就是說出那句話時，詭異的不協調感。

當我開玩笑地說出「芝麻開門」，下個瞬間感受到雖然極其微弱，但空氣……不，是周圍的空間都輕微晃動了。

緊接著體會到些許失落感的奇妙感受。

感覺到自己體內有極微少的某種力量消失。簡單來說，就是那個吧，放悶屁時的感覺。

呃，嗯。不小心使用了粗俗的舉例。真不像我。對不起。

——喀嘰。嘰哩。

某種壓輾聲把我從無聊的思緒拉回現實。

聲音來自門的中央，魔法陣所在的位置。

哦？難道是用剛才的咒語（Spell）力量就能開門（Gate open）了嗎？

我抬頭看著門，不是那麼認真地期待。

唉，就算是石材，老舊了也一定多少會發出聲音啊。我原本是這麼想的——

「…………！」

之後眼前發生的景象，讓我瞪大了雙眼。

畫在門上的魔法陣發出紅光——不對，這是**熾熱**。

魔法陣周圍散發熱氣，景象因熱氣而晃動。放射而出的，是光看就能明白的熱度。

就連站在附近的我也感到炎熱。

而且不只發生這個現象。

組成門的石頭隨著聲音開始扭曲。

石門發出劇烈的壓輾聲，有如被非常強大的握力捏碎般逐漸塌陷。每當這股神祕壓力快要扭曲石材時，門上的魔法陣就會不停閃爍，散發出劇烈的光芒與熱氣，好像在抵抗它。

這是什麼？到底發生了什麼事？

傳來耳裡的聲音，已經變得不再是普通的嘎吱聲。

劈啪劈啪，就像是脊椎斷裂的聲音。

然後感覺有什麼正在啃食那斷裂的骨頭——

這簡直是臨終之際。

被啃食的石門發出臨終前的悲鳴。

連同門上那威風凜凜的魔法陣也逐漸出現裂痕。然後無法以龜裂狀態抵抗壓力，最終扭曲變形。

眼前的景象簡直是……地獄。

咦……？等一下。

難道是因為我說了「芝麻開門」才會變成這樣嗎？

不，不對吧。這絕對不可能。

我是能用常理進行判斷的男人啊。

但是這時機點……

不，不可能。這絕對不可能！

這是某個偶發事件。對，就這麼決定了。

我下了這個決定後，就在此時。

原本還是石門的**物體**，開始「褪成黑色」並且膨脹。

然後又好像受到內部壓力擠壓，從魔法陣的中心位置裂成五塊。

從五片花瓣產生的巨大洞口，完全暴露出陰暗洞穴的內部。那個樣子彷彿是沾滿泥巴的熾熱黑色百合花。

話說回來，為什麼會褪色？也太噁心了……

就這樣，守護洞穴的巨石之門，如今已經敞開。

第3話

曼陀珠與可樂

變成扭曲炸裂的巨大百合花的石之門。

不知不覺間，石頭已經從不吉利的黑色回復到原始顏色。

即使如此，它的狀態也是十分悽慘。對那悲慘的事故現場感到啞口無言的同時，我從百合中央敞開的巨大入口處觀看洞穴內部的情形。

「要不要先溜進去看一下呢……？」

雖然不會很麻煩，但要進入這樣可疑的洞穴，老實說很可怕。

不過我一路追蹤的地面上的紅黑線，確實延續到洞穴之中。

在奇妙魔法陣的圓圈上出現的神祕屏障，還有綿延不絕的神祕長線。

……總覺得非常在意。

我旺盛的求知好奇心，輕易地擊退恐懼的心情。

之前在盆地另一側找到的隧道，入口只夠一個人勉強通過。而這個石門的洞穴入口處卻相當寬大。

畢竟原本的門高度就有五公尺以上。就算現在變成百合花狀態，而且中間開了個大洞，它的開口處也有四公尺。

再加上與太陽的位置關係，隧道處於逆光，所以一片黑暗；位於對角線上的巨門則是順光，所以陽光直接照射到洞穴內部。因此沒有任何照明工具的我也能十分輕鬆地探索。

總之，如果要看裡面的情況，現在就是最好的時機點。

我跨過門的殘骸，進到洞穴中。

內部的空氣有些冰涼。

入口附近沒有擺放任何東西，空蕩蕩的寬廣通路向內延伸。

內部牆壁是另一種更堅固的石頭，與外面紅褐色絕壁的材質明顯不同。大概和巨門是同一種類的石頭吧。

同時映入眼簾的，是刻在石壁上的莊嚴雕刻。

我從未見過如此奇異的雕刻圖紋，手藝非常精湛。

這怎麼看都像是一座遺跡而不是洞穴。乍看之下的印象是神殿，或是貴族的墓穴。

這是墓穴嗎？希望不會有邪靈作祟。

話說，這裡是日本……嗎……？

我的疑問越來越多。而且冷靜一想，我現在做的事幾乎等於是盜墓。

不對，我也是別無選擇。因為那條線從一開始的神祕魔法陣延伸到這裡來。關於我所處的情況沒有其他線索，除了調查這裡沒有別的辦法。

…………

真的沒有其他辦法了嗎？嗯——

我對自己的行動有些喪失信心，不自覺看向延伸至腳下的紅黑線。

對。就是這個。罪魁禍首就是它。這條線！

這條從可疑魔法陣延伸過來的紅黑線，在石造地板上綿延，然後延伸至陰暗的走廊深處。

與絕壁另一側開通的隧道不同，這邊像遺跡的洞穴看不見出口的光芒。

傷腦筋啊。如果走得太裡面，入口的光也會照不進來。

「如果有智慧型手機，就能代替光源了……」

但是如各位所見，我還穿著昨晚睡覺時的睡衣。

我身上只有這件超土的睡衣和內衣。

「不過，如果有手機，我就不會做這種調查神祕遺跡之類的事了……」

現在的我別說是與外面聯繫的方法了，就連可以替換的衣物，甚至連最低限度的食物都沒有。

幸好在這裡還很溫暖。如果就這樣入夜，我想也不至於變成穿著超土睡衣凍死的屍體。食物的話，周邊可以看見一些好像可以食用的果樹。肚子餓了應該可以摘果實來吃。

老實說，我覺得目前的情況還算樂觀。

而且一開始發現的隧道，可能是通往外部的。而且此刻的我也認為，如果通過那裡就能離開盆地，附近應該會有住家。

只要能夠抵達住家，就能和警察與家人聯繫，之後就不用太擔心了。

家人——

我想到這裡，頭就稍微刺痛一下。

不，其實也不能用疼痛來形容。應該說一閃而過的不協調感。

這不協調感到底是什麼？

搞不懂耶……

我一邊在腦中想著，一邊跟著線默默前進。

線穿越的石造走廊有些寒冷。

從這開始就會變暗了啊。正當我這麼想的時候。

遺跡內部突然發出朦朧的光芒。

「哇！」

發生了預料之外的事，我慌張地環視四周。

光芒充斥整座遺跡，原本陰暗的遺跡內部如今清晰可見。

「這個……真厲害啊……」

我不自覺讚嘆。

這完全就是使用景觀照明的海外觀光名勝古代遺跡。在一片亮光中觀賞，牆壁上的雕刻更顯威嚴莊重。刻在厚實的石頭上，井然有序的美。真的是非常壯觀的景象，甚至讓人惋惜沒有帶相機過來。

變得明亮的走廊深處，能看見一個類似寬廣大廳的空間。

看來那裡是遺跡的盡頭。

地板上的紅黑線也直接通往大廳。

我抬頭看了看天花板附近，見到牆壁雕刻的一部分發出淡淡光芒。

原來如此，光就是從這裡來的。不過看起來不像日光燈或ＬＥＤ照明裝置，所以究竟是如何發光的，也完全是個謎。

「有人在嗎……？」

我小心翼翼地向走廊深處打聲招呼。

沒有回應。

「該不會有設置感應裝置吧？看起來遺跡風的設計，結果卻莫名高科技……」

所以這裡到底是什麼地方？

我重新觀察受燈光照明的地方，先不管設計風格，這座建築物本身感覺並沒有很古老。

不如說狀態良好，十分乾淨。

我一邊東張西望，一邊在走廊上前進。

不久就抵達位於盡頭的大廳。

圓形的大廳意外寬廣。一眼望去，面積好像和一開始我所處的空地一樣大。

腳下的紅黑線延伸至大廳中央。

線頭的地面能看見一個紅黑色的魔法陣。紅黑線到這裡與魔法陣交會。

……原來如此。所以這條神祕線是空地魔法陣與遺跡內另一個魔法陣的連結線。

這下終於知道線的終點是什麼了。

但問題是——

「這什麼啊……饒了我吧……」

此時已經掌握情況的我，完全是面無血色。同時嘴角無意識地抽動，呈現苦笑狀態。

終點的魔法陣上有一張華麗的椅子。

有某人坐在那把椅子上。

但是這個空間沒有活人的氣息。

沒錯，坐在上面的是死人。

一具已經化為白骨的屍體。

這具屍體看起來已經經過長久的歲月。它坐在椅子上，身穿看起來很高級的長袍。

從這堆骨頭看不出年紀。

只是它就算坐著還是很高。估計是男性。

一定是個身分高貴的人吧。手指上戴著數個鑲嵌寶石的戒指。

最引人注目的是，滿是戒指的手上握著一根粗長的手杖。這把手杖也和戒指一樣鑲嵌了寶石，一號電池大小的奇特水晶數量非常多，把手杖前端都塞滿了。

感覺是個珍品，拿去賣的話應該相當值錢。

不對不對，我不是來盜墓的。我完全沒有盜竊的想法。

我慌張地對著白骨化的屍體雙手合十。

「我只是一個不幸的遇難者，絕對沒有想偷你的東西……」

請不要詛咒我。拜託。拜託。

我對著這位應該是遺跡主人的白骨大叔（暫定）拚命找藉口。

不管怎樣，這具屍體的白骨化完整得令人吃驚，遺跡裡也十分明亮，讓視野獲得相當大的救贖。如果是在陰暗的洞穴裡遇見這具幾乎是木乃伊的屍體，肯定沒辦法直視。

「好了……一直這樣也不是辦法。」

結束禱告和辯解後，我慢慢抬起頭。

雖然看見白骨屍體讓我很驚訝，但我是公認能夠快速轉換思想的人。

接著我把視線移到地板的魔法陣上。

「……這個是與草原的邪惡魔法陣連在一起的吧。」

應該視為這個魔法陣與另一端的魔法陣有某種關聯吧。我觀察之後，發現它們的設計十分相似。

只是這邊的魔法陣與草原的魔法陣相比較為簡陋。草原的魔法陣精密到連空隙都畫得很滿，但這個魔法陣卻有明顯留白的部分。

如果要問這兩個連結的魔法陣，哪一個是主體的話，我覺得草原的魔法陣比較像。而白骨大叔坐鎮的這個比較像輔助。

「雖然是這樣講，但我也不是魔法陣愛好者啊……只憑這些，我也什麼都……嗯？」

這時我注意到白骨大叔的斜前方有個很大的石柱底座。

厚實的石柱底座上好像放著某個東西。

「這是……石製的書嗎？」

石製書。

底座上放著像是用石板裝訂成冊的書。

做工十分精巧。這就和紙製的書不同，可以存放幾千年了。雖然感覺很重又不好讀。

既然製作成書的形式，那麼想閱讀內容就必須翻開。但是書本被看起來很堅固的石頭鎖具上了鎖，又被固定在石柱底座上。

嚴密的鎖具上刻著奇特圖紋。那個圖紋留住了我的目光。

沒錯。又是個魔法陣。

這個模式我已經很熟悉了。按照這種節奏，不久的將來我好像也能成為魔法陣專家。

刻在上面的魔法陣一樣有著幾何圖紋，也沒感覺到特別邪惡。和遺跡入口大門上的魔法陣是相同類型。

我之前開啟的入口巨大石門。

然後我來到這裡又看見完全是同類型的魔法陣。這麼說——

「……需要解除封印的咒語嗎？」

老實說，我不是很想嘗試這個方法。如果成功是很不錯，但這就證實了我是之前破壞石門的犯人。不過要是認真嘗試後失敗，又會有挫敗感。

但是——

「只能做了啊。」

我閉上眼，深吸一口氣。

然後睜開眼，唸了一句：

「——『芝麻開門』。」

唸完咒語的同時，封印書本的鎖具轉眼間開始「褪成黑色」。

下一秒就像氣球一樣膨脹——

如同把曼陀珠丟進可樂一樣豪邁地爆裂，向著天花板強力噴射。

「什！喔哇……嗚喔喔喔喔！」

無視重力向上彈飛，噴發無數的黑色碎片。

爆炸時的振盪震動我的鼓膜。

我受到突如其來的衝擊與炸裂聲驚嚇，不自覺失去平衡，身體往後仰。然後屁股用力撞到地板。

我坐在地上看著天花板，往上噴發的鎖具碎片插進了石造的天花板中。

插在堅硬石塊的天花板裡。

「這……這太誇張了吧……」

喂！別開玩笑了。害我嚇到腿都軟了！

可是該怎麼說呢，看這情形，幾乎已經確定我學會了無敵的破壞咒語「芝麻開門」啦。

同時也確定了我就是遺跡石門恐怖攻擊事件的真凶……

我努力調適心情，一邊揉著屁股一邊起身。

然後看向石製書。

儘管表面的鎖具那樣華麗地爆炸，書本身卻毫髮無傷。放置書本的底座也完好如初。

話說回來，入口的門爆炸時也沒有波及周遭環境，「芝麻開門」還挺貼心的嘛。雖然打開的方式非常糟糕。

由於鎖具噴飛，刻在石製書封面的文字也顯現出來。

靠，這是什麼？沒見過的語言文字。

先不提日語，它和字母系統、阿拉伯文字都不同。真傷腦筋啊，是某種古代文字嗎？

損壞建築物（入口）＋非法入侵遺跡內部＋損毀遺物（曼陀珠可樂噴泉）。儘管目前為止做了那些事，但沒辦法讀懂文字，所以也什麼都不知道……這結果會不會太悲傷了？

真是罪孽深重，心好痛……

我含淚查看石製書的封面，視線停在某個神祕句子。

《召喚魔導王，與二千年紀的毀滅世界之最終理論》。

……咦？

這是什麼？

封面文字的意思跑進腦海中。

怎麼回事？看得懂。我看得懂啊，這本書……

我提心吊膽地翻頁，開始閱讀書的內容。

文字有如溝槽般，滿滿地刻在光滑的石頭表面。

『在我人生最後，關於究極召喚術，全都記錄於此——隆倍・扎連。』

這是第一行。果然是我沒見過的語言。

但是可以正常閱讀。感覺和日語相同。

原來如此。這本書的作者好像就是隆倍・扎連。嗯，是個外國人。

我接著閱讀下一段。

『開啟這本與吾之遺骸共眠於此的書籍之人啊。生者踏入這間石室就意味著距離「召喚毀滅魔導王」毀滅古代世界已過了千年，大岩扉的限時結界裝置已經解除。』

吾之遺骸——以現有情況來看，就是坐在那裡的白骨大叔吧。換句話說，這本書的作者——隆倍・扎連，就是白骨大叔了。

所以這是遺書嗎？

這裡寫的「大岩扉」，立刻讓我聯想到入口處那扇石門。應該就是指那個吧。

雖然我不知道限時結界裝置是什麼，大概是我對著大岩扉喊了一句「芝麻開門」後，引發爆炸事件搞得亂七八糟的荒誕殘骸……白……白骨大叔啊，很抱歉辜負你的期望……

「……但是這個『毀滅魔導王』到底是什麼？」

書名好像也有寫著「魔導王」。看來是對這個人來說很重要的主題。

『所謂的毀滅魔導王，是招致世界毀滅的異界狂王。根據我畢生研究，證實召喚理論，然後執行。』

喂喂，等一下！毀滅魔導王根本是個超危險的傢伙嘛！

白骨大叔，為什麼要召喚這樣的人啊？笨蛋嗎？想死嗎？

啊，對喔。你已經死了……

我一邊對白骨大叔的胡言亂語感到震驚，一邊翻開下一頁。

『藉由選定召喚，能讓擁有毀滅意志的異界人類降臨這個現世，並稱之為魔導王。過去記載中的幾位召喚型魔導王，也是用相同方法降臨異界，肯定沒錯。』

過……過去也有人召喚毀滅魔導王嗎？

好無聊啊，這些人。太閒嗎……？

『但只有這樣是不夠的。過去的幾位召喚型魔導王，在完成毀滅世界的大業前就被擊殺，因為他們是僅憑毀滅性人格為基準選定召喚而來的人。不得不說他們作為魔導使用者的資質略顯不足。』

啊——魔導王被打倒了。

果然沒錯。因為世界沒有毀滅嘛。

『但是，我的召喚術式是劃時代的作品，經過兩個階段的召喚過程，可以完全排除召喚出這些弱小魔導王時的危險性。』

兩個階段的召喚過程？哦，是什麼？

其實我越讀越覺得有趣。

我原本就是一個喜歡看書的人。而且我不討厭像這樣了解人們努力動腦的過程。

但這本書的內容對我來說，其實從這裡才開始進入重點。

此時的我，仍完全誤解這位隆倍．扎連的本意，以及我會在這裡的意義。

直到我讀完某一段文。

『……首先，利用地形與結界從外界隔離這座盆地，召喚成為魔導王「容器」的人類。這個選定召喚的「容器」，是以持有的魔力總量為基準。換句話說，就是沒有毀滅意志因此沒能成為魔導王的強大異界人。但是藉由召喚時重新編排的術式，對「容器」附加強烈暗示，使其產生想通過「終結與誕生的洞穴」的欲求。』

嗯？這是什麼？

等一下。誕生與終結的**洞穴**……？

想通過洞穴的**強烈暗示**……

我的背脊一涼，開始冒冷汗。

我在這座盆地甦醒時的景象歷歷在目。

醒來後沒多久就發現那個可疑的隧道。然後看見隧道時所感受到的，那股原因不明的強烈衝動。

不可能。但該不會——

『受到召喚的「容器」，會在什麼都不知道的情況下，只憑一股衝動穿越「終結與誕生的洞穴。然後在洞穴內壁上，早已刻印著大規模的「魂轉寫」術式。』

啥？魂轉寫？那是什麼……？

那個隧道裡有設置那種東西嗎？

『剛受到召喚的「容器」靈魂尚未固定，仍處於不安定的狀態，因此「魂轉寫」的術式可以完全破壞其記憶與人格。然後把以我的記憶為基礎製作的真正毀滅人格轉寫到「容器」的肉體與靈魂上，替換原有人格。當他穿越「終結與誕生的洞穴」抵達外界時，他就已經不是容器，而是轉生成真正的魔導王。』

…………

『擁有究極魔力與毀滅意志，「歷代最強」的魔導王於焉誕生！』

「你這傢伙，別開玩笑啦啊啊啊啊啊啊啊啊啊！」

我對著白骨大叔扎連的屍體放聲咆哮。

這超級危險的啦！一不注意走進隧道的話，我現在到底會變成怎樣啊！怕爆了！

開什麼玩笑。考慮一下會不會給別人造成困擾啊！扎連！你去死吧！

啊，你已經死了……

「所以，這裡是異世界，我是毀滅魔導王嗎……」

這麼說起來，那個破壞大岩扉的怪誕魔法，還挺有大魔王的感覺。至於把書的封面變成曼陀珠可樂噴泉，與其說是大魔王，還不如說是街頭藝人……

❖　❖　❖

「……結果情報也只有這樣。」

我輕輕闔上書的封面。

拼接的薄石板發出喀嚓聲。

扎連的遺書最後，總結出以下內容。

『我所珍愛的溫柔高潔之人啊。這就是我對於我們這個世界的復仇。毀滅世界，必須由我親手完成。即使這個世界最終會被注定的命運之力所毀滅。』

後半段的意思，我目前還無法理解。

只是前半段那句「我所珍愛的人」，應該就是指隆倍·扎連死去的未婚妻。這是我閱讀內容得知的訊息。扎連年輕時曾捲入醜惡的政治鬥爭，這位沒有寫出名字的未婚妻也不幸去世。看來這絕望的過去，成為他想毀滅世界的契機。

另外，我還查明一項重大事件。其實「召喚毀滅魔導王」的術式發動時，似乎需要術者本人的生命作為代價。

——因此，召喚出魔導王的人，不久就會死去。

隆倍·扎連死去並且化為白骨大叔，應該也是這個原因。

所以這個男人是用自己的生命交換，把我召喚到這個世界。

真是可笑。我明明就是被誘拐來的受害者，為什麼好像間接殺死扎連一樣，這感覺有夠差。

喂，你真的別開玩笑啦，白骨大叔……

這本書上還記載著其他像是為了讓術式更加完美，把擁有「返祖之血」的人作為「喚魂水的活供品」——這一類危險的記述。返祖與喚魂水到底是什麼……我也不知道那些東西的詳細情況。但除了被隨意當成魔導王召喚的我，可能還有其他作為「活供品」而被殺害的受害者。

當我得知這件事時，老實說我有一股踢飛隆倍．扎連的白骨屍體的衝動。

不過對於已經化為白骨的大叔，現在就算踢飛他也於事無補。那就真的只是字面上的鞭屍了。這對以身為文明人感到自豪，擁有崇高紳士魂的我來說，實在是……

文明人的紳士風度，忍住了殺意與破壞的衝動。

我讀完書就離開大岩扉的洞穴。

一走到外面，發現早已夜幕低垂，周圍一片昏暗。

洞穴內部的照明十分明亮，所以沒有發現到我花了很長的時間沉迷於解讀石製書。

當我準備仰望夜空時，肚子傳來一陣聲響。

由於發生太多事，再加上閱讀書籍時又過於集中，所以都沒有察覺，仔細一想，的確會感到肚子餓啊。我昨晚就寢之後就直接來到這個世界，等於是整整一天都沒有進食。

就算是能毀滅世界的魔導王，肚子一樣會餓。

「算了，這也是理所當然的。我只是個人類……」

即使體驗了如此不可思議的經歷，但對於自己被邪惡魔法師召喚到異世界來當魔王的這個事實，感覺還是很不切實際。

書中所提的諸多敘述，確實完全符合我所經歷的一切。不如說，想否定都有點困難。

但還是難以置信。為什麼？

「……啊，對了。」

我知道了。我到現在還找不到任何**物證**來證明這個地方就是異世界。

這裡確實是沒見過的土地，但也就只有這樣。只因為自己沒見過的地方就認定不屬於地球，那也太突兀。

目前已經確認魔法存在。但這還不足以證明這裡就是異世界。因為也不知道地球上是否真的沒有魔法。

好。總之，明天的首要目標就是調查並且確認這裡是否真的是異世界。從結果來決定之後的行動方針。

給我看著吧，蠢貨扎連。

我才不會輕易相信。不管是異世界召喚，還是其他非科學的事件。

我下定決心，仰望燦爛星空。

然後我看見了，「兩輪」耀眼美麗的滿月高掛天空。

…………嗯，原來如此。

於是我完全相信異世界召喚這件事了。

第4話

蘋果與隱居處

「好啦，接下來我到底該怎麼做呢……」

早晨的清爽陽光灑進樹梢之間。

我坐在位於樹林之中的破舊房屋的簷廊，同時啃食著像蘋果的水果。

小巧的平房幾乎埋沒在周圍茂盛的綠林之中。常春藤爬滿開始腐朽的外牆，屋頂上還有精神抖擻的雜草堆恣意生長。

如果無視破爛這點，就是一間很棒的房子。

這間房子是我昨晚在採摘水果時發現的。

看起來好像荒廢了很長一段時間，想當然耳，沒有人生活的痕跡。

雖然很在意，但這座盆地最後有人類生存究竟是在何時呢？

這裡特意種植著修剪一下就會很美觀的園藝植物，以及各種可食用的果樹，能看見各種庭園的元素，卻沒有維護的跡象。

更不用說，我發現的那具召喚術者的屍體已經白骨化了。

昨晚我並沒有深入思考那件事。他是因為使用術式後遭到反噬而被吸取靈魂，然後一瞬間化為白骨嗎？我頂多只能這麼理解。

……不過，看來不是那樣。

若是如此，那我反而覺得自從扎連發動召喚術式死亡後，直到我實際出場為止存在著時間延遲。

看那樣子，應該不是只過了一兩年……

反正我暫且找到可以躲雨的地方，也多虧了周圍果樹好像是可食用的品種，目前無須擔心食物。

話說回來，我現在吃的這個異世界神祕水果，超級好吃。

和蘋果差不多大小，多汁酸甜的高級果肉味道也很棒。有點蔓越莓的味道。營養價值感覺也很高，應該可以暫時靠這個生活下去。

但是我當然也不能一直隱居在這座盆地之中。就連這個蔓越莓蘋果（暫稱），恐怕也是數量有限。

話雖如此。

「但也不能直接穿越那個隧道走到外面啊……」

問題就在這裡。

之前那座隧道是通往外面的唯一出口——我記得是叫「終結與誕生的洞穴」，裡面設置了名為「魂轉寫」的恐怖術式。如果嘗試穿越，我就會被隆倍．扎連附身殺害，瘋狂的毀滅魔導王就誕生了。

自從被召喚到這個世界，時間上大約過了一天。根據先前那本石製書，「魂轉寫」的成立條件是因為召喚後不久的靈魂不穩定，那現在通過那座隧道可能已經沒問題了。

但是實際嘗試這個理論，簡直是賭上性命的危險賭博。還是把利用脫逃隧道當作是最後的手段比較好。

如此一來，其他可能的選項是……

「只能想辦法越過周圍的岩壁了。」

我從簷廊抬頭看向聳立在樹林另一邊的紅褐色岩壁。岩壁的坡度看起來完全垂直，也沒看見能夠當作立足點的地方。

「完全就是一堵牆啊……」

我深深嘆了一口氣，同時把視線移回到破爛房子裡。

這棟房子是樸素的外國農家風格。但是仔細一看，與原來世界的樸素農家建築風格相當不同。

建築物的內部裝潢極為簡樸。

裡面也只放置了最起碼的家具。還有微妙地搞不懂用途的各種日常用品，讓人感受到不愧是異世界。

雖然我昨晚是睡在這棟房子玄關附近，但由於天色已晚，所以並沒有認真調查內部的情況。

「好，稍微在房子裡面探險吧。」

反正好像也沒別的事情可以做了……

建築物內部比起外觀，給人的印象還要更明亮。

明亮的原因就是窗戶。看來是裝了玻璃。

我不禁心想，這個世界的文明究竟發展到什麼程度？

至少擁有房屋能裝上玻璃的技術吧。不對，真要說起來，這個是玻璃嗎？總覺得透明度有點低。

房屋深處好像有好幾個房間。

我暫時先往前走，看見一扇似乎很堅固的木門。

「明明玄關沒有門，裡面卻有這麼氣派的門……這文化上的差異不知道該說什麼。」

就昨晚我輕易入侵的這件事來看也能明白，這棟建築物的構造非常開放。玄關像是理所當然般沒有門。就連我一開始入坐的那個看似簷廊的結構處，也能自由進出。

一眼望去，這棟房子裡好像只有這個房間有門。

我把手放到門把上。

雖然瞬間感覺到某種抵抗，但木製門還是順利開啟了。

「這是……」

是書庫。

一整面牆的書櫃上，存放大量書籍。真是壯觀。

視線往房間深處延伸，看見華麗的書桌。

也就是說，這裡與其說是書庫，不如說是書房吧？

我快速瀏覽覆蓋牆面的藏書書名。

《魔術大全》、《時間魔術屬性解析》、《高度召喚術式研究》……

喔喔，好厲害。好像都是什麼魔法的教科書。

有些是像這樣令人雀躍的書名，但另一方面……

《死者禁術》、《血之活祭》、《邪神召喚古代術式》……

其中也有眾多書名裡包含不祥字眼的書。

「噢，原來如此啊……」

我總覺得明白了什麼。

這個房間，大概是隆倍．扎連那傢伙的書房吧。

那麼這棟破爛房子就是扎連的隱居處嗎？仔細一想，那個男人使用整座盆地作為巨大的舞台裝置，犧牲自身性命試圖施展大召喚術。想必需要相當長久的時間進行準備吧。或許我應該要早點想到他會在這座盆地裡設立據點的可能性。

眼前的書桌上，散落著一堆畫有看似魔法陣設計圖的紙。

我稍微看了一下。嗯——完全看不懂。

緊接著我從書架上拿了幾本書，隨意翻了幾頁。

是普通的紙本書。保存狀態很完美。

……不對。這狀態有點太好。

從房子的破舊外觀來看，屋內的維護情形稱得上是奇蹟了。不過內部還是有許多地方受損。

儘管如此，只有這間書房完全沒有那些跡象。為什麼書房裡面的狀態，會異常地比我在盆地中觀察到的其他地方還要良好呢？

彷彿只有這間房的時間靜止了……

但是那些事對現在的我來說是微不足道的小事。

眼前還有更重大的問題正在發生。

「這……這是什麼？完全看不懂……」

我看不懂書的內容。

內容大概是魔術具體的解說部分，但我只看見羅列的文字。

簡單來說，文字看起來就像是「凱賽呸呸呸啵啦尼畢噗噗……&&」，雖然實際上不是如此單純的內容。

這是怎麼回事？我明明可以讀懂石製書的內容。這本書中使用的文字看上去也和石製書一樣。

我那突如其來覺醒的神祕語言翻譯機制出現ＢＵＧ了嗎？

此時有好幾本書啪沙啪沙地掉落地板。是我後退時肩膀碰到書架了嗎？

堆疊在地上的書，因落下時的彈力而翻開。

我不經意地往地上一看，察覺到某個地方。

「咦？好像只有這本書我看得懂……」

我撿起書，確認書名。

《魔術入門Ｉ》

⁂

然後大約過了一小時。

我單手拿著書，慢慢來到前院。

這本《魔術入門Ｉ》讀起來意外輕鬆。

不如說像是中小學生閱讀的書籍。雖然很高興能夠讀懂它，但總覺得心情有點複雜……

後來我又搜尋了書房，總共發現了《魔術入門》全十二冊。

作者的名字是魔術師隆倍・扎連／魔術師艾默里・海倫。

由於兩個作者名字並列，所以是共同著作吧。

這沒什麼。扎連的書架上有他的數本著作夾雜在研究用的艱深書籍裡。總之，只有這本《魔術入門》的內容十分淺顯易懂，我想是因此讓它比周圍其他書籍還要顯眼。

這裡不只有入門系列。書架上也有好幾本看起來等級相當高的扎連著作書。只不過那些書的內容還是像出現ＢＵＧ一樣，沒辦法閱讀。

勉強能讀懂的，只有標題和作者經歷的部分。根據那些內容，可以得知扎連這傢伙是個擁有宮廷大魔術師的稱號，以及在大學教導魔術的教授。

完全就是個魔術界的勝利組菁英啊……

儘管這個男人的本意是試圖毀滅世界。思想扭曲的菁英真的是很可怕的存在。

另外，我至今都把魔術這個東西，相當隨意地稱呼為「魔法」，或是「奇蹟的神祕力量」。但是正式名稱好像是「魔術」，今後我也要遵從世界的標準，將之稱為魔術。

接下來，我特地來到前院，就是想測試這本《魔術入門Ｉ》的內容。

不如說，魔術這種東西，如果一開始不執行接下來的儀式，似乎就沒辦法繼續下去。

那個儀式的名稱就是「屬性理解」。

這個世界的魔法……不對，是叫**魔術**。這個世界的魔術裡，所謂屬性有好幾個種類。像是火屬性，冰屬性等。

再來是每個人對於各種屬性的「魔力轉換率」似乎有先天性的差異。如果該屬性的魔力轉換率越高，那麼使用少許魔力就能施展更強大的魔術；反之魔力轉換率越低，無論注入多少魔力都只會施展出沒用的魔術。所以，這是與生俱來的才能差距。

這與本人具備多少原始魔力總量的問題相關，嚴格來說，只靠魔力轉換率好像也不能計算所有的才能……

總之，每個人擅長的魔術屬性會有所不同。

因此首先要執行「屬性理解」，了解自己的適性之後，增強對自己來說魔力轉換率高，以及能使用的屬性魔術。以上應該就是基本的魔術學習過程。

只不過這本入門書也記載著稍微令人不安的情報。

好像也真的會有人沒辦法使用魔術。

話雖如此，我自己已經有好幾次類似使用魔術的實戰經驗。像是破壞門、破壞書本的鎖具等。所以應該不會完全不能使用。

……不對，可是如今想來，那到底是什麼屬性的魔術呢？

是噁心屬性嗎？

而且冷靜一想，我是異世界人，還是毀滅魔導王。再說所謂的魔導王，是能使用普通魔術的職業嗎……？

不安的情緒略為增加，但不管怎樣，先試著執行「屬性理解」吧。

首先呢，沒錯。我想嘗試一下火屬性魔術的適性。

能使用火屬性的話絕對很方便。肯定不需要生火了。

不管怎麼說，火屬性不是很帥嗎？

我用掉落在前院的樹枝，把記載在入門書上的魔術陣範例仔細描繪在地上。

啊，對了對了。雖然至今為止一直喊著魔法陣魔法陣的，但以這世界的標準好像也要稱為「魔術陣」。

很混亂吧。到底要怎樣啦，受不了。這種事要先說啊。哎，算了……

畫一個圓……好，這裡再畫一條線……

這個魔法陣，不對，如果站在魔術陣上，即使是新手也能操控簡易魔術，好像是能輔助魔力的流向或是其他東西。嗯，就算看了說明也一知半解。也許是像腳踏車輔助輪一樣的東西吧？

圖案意外簡單。看著範例描繪就不會出錯。

反正在入門書裡也寫著，畫得稍微粗糙一點沒關係。

好了，集中精神……

重要的是建構想像力。

想像發出小巧的火花——

我開始詠唱。

「『發火』！」

但是，沒有任何事發生。

咦？真奇怪。

我疑惑著，同時再度仔細描繪魔術陣。

好，這次應該可以了。我重新集中精神，開始詠唱。

「『發火』！」

…………

沒發生任何事。

「『發火』！」

「『　發　火　』！」

…………

嗯，看來我沒有火屬性魔術的適性。

這挺讓人受打擊的耶。

好，下一個下一個。

這次試試看冰屬性的魔術吧。夏天可以變涼爽，非常適合冷酷屬性的我。

好了，集中……

腦海中想像著讓大氣裡的水分凍結——

「『降霜』！」

「『降　霜』！」

「『降．霜』！」

沒發生……任何事……

我再次起疑，是否魔術陣畫得太差。

於是我一手拿著入門書，又重新仔細地，仔細地畫起魔術陣……

❖　❖　❖

不知不覺太陽已經西斜。

我在前院的魔術陣前，精疲力竭。

從那之後，我不斷重畫魔術陣，依照雷屬性、風屬性、水屬性，然後火屬性（↑無法放棄）等魔術發動的順序嘗試。

由於魔術施展不出來便重畫魔術陣，所以耗費了大量時間。

總覺得我快變成魔術陣大師了。

現在的我即使閉上眼睛，也能畫出美麗的魔術陣吧。

這時，我的腦海中又開始產生新的疑惑。

難道，並非我沒有魔術的才能，而是這本入門書的作者隆倍．扎連太爛了？

很有可能喔！的確他的經歷輝煌，書中也展示了偉大的教學。但是，他的真面目只是個試圖召喚什麼毀滅魔導王而自滅的無能白骨大叔。即使他的著作是沒用的廢書也不奇怪。

嗯，一定是這樣。好，現在就這樣認定吧。

我下了一個決定，把剩下的屬性隨意嘗試一下，就要去採水果了。由於太熱衷魔術陣，突然想起我沒有吃午餐。

我隨便翻了翻入門書的內頁。

「目前還沒試過的屬性是……土屬性魔術吧。」

土屬性嗎？啊，好像很俗氣的屬性。

就算不能使用也不會對我的內心造成傷害。

原本就不是我沒有才能，而是扎連的書太廢了。

並不是我沒有才能……並不是我沒有才能……

全部重畫太麻煩了，所以我站在剛才使用過的魔術陣上。

我的視線掃過單手拿著的入門書。

我看看寫了什麼……想像地面的沙粒凝聚到小指指尖。

「……『碎石生成』。」

下一秒。

伴隨著驚人巨響，以站在魔術陣的我為起點，向前方發出猛烈地震與衝擊波。

轟隆聲不斷，地面像起泡一樣開始膨脹。

隆起的大地就像從下面施壓，周圍的樹木都被連根拔起。巨大的樹木彷彿骨牌般依序倒下。

——眼前的景象，簡直是世紀末。

「嗚……嗚喔喔喔喔喔喔喔喔喔！」

我無法理解發生了什麼事，因為劇烈的搖晃與恐懼而慘叫。

地表的砂石宛如暴風般在上空分解、擴散，然後一邊聚集，一邊在空中形成龍捲狀迴旋，轉眼間凝聚成一塊。那些東西發出不舒服的冒泡聲，體積急速增加。

我的視線一隅看見因為震動餘波而崩落的一部分屋頂。

當所有震動停止時，在我眼前的是遭到過度破壞，一眼望去沒有一處完好的大地，以及直徑數十公尺的巨大岩塊坐鎮於此。

其實我不知道時間到底過去多久。

但是在我的體感時間裡，卻是長達好幾分鐘的超級恐怖體驗。

雖然很可恥，但我幾乎站不起來。

……看來我的適性好像是土屬性。

第5話

教科書與簷廊

「這本教科書也已經讀了很多啊……」

我坐在綠林之中破爛房子的簷廊，悠閒地翻閱《魔術入門Ⅳ》。

突然，我抬頭看了一眼幾乎損毀的房子屋頂。覆蓋在屋頂上精神飽滿的茂盛雜草中，有朵小白花隨風搖曳。

真漂亮啊。那是什麼花呢？

受日照的簷廊十分暖和，能在這裡舒適地閱讀。

由於昨天「碎石生成」的突發事故，導致庭子前方的樹木大多掃除一空。

以結果來看，原本位置良好的簷廊日照空間，變得更加舒適了。

根據那本入門書創造出來的碎石——很難這麼稱呼，那直徑十幾公尺的巨岩，其實在生成後不久便自然崩解了。

看來所謂的土魔術，如果不持續注入魔力，好像就無法維持型態。

這次的事件也多虧那個特性省去事後處理的時間，真是幫了大忙。要是前院擺放著那種大得誇張的石頭會非常礙事。

不過，其實正是因為這土屬性魔術的基本型態有所謂「術者的魔力供給中斷時，生成物將會瓦解」的性質，所以這個世界的土屬性才有「非常難以操控的微妙屬性」的悲慘評價。

也就是說，因為創造的物體都會瓦解，所以幾乎無法運用在土木建築上。

但還是有魔術能用土創造出術者使用的武器或道具。不過，如果沒有保持魔力供給就沒辦法維持形體，所以消耗的魔力量爆炸高。說白一點，如果沒有面臨特殊情況，還是去買適合的市售商品來使用比較快。比起特地消耗魔力揮舞一把土製魔劍，不如直接去買一把來用比較好。

就成品而言實用性不足，所以感覺一般的土屬性魔術多半都相當冷門。

嗯。這就是我唯一能使用的屬性魔術的社會評價……

就連《魔術入門》的作者隆倍．扎連，在其著作中也對於土屬性魔術十分輕視，以致我很辛苦地壓抑殺意衝動。

實際上在《魔術入門》系列中，土屬性入門魔術分配到的頁數，不到火屬性或風屬性的五分之一。

全系列十二卷的《魔術入門》，其第一卷是「屬性理解」等記述魔術整體的總論，第二卷之後分別解說各種不同屬性。只能使用土屬性魔術的我最起碼必須閱讀的是第一卷，還有關於土屬性的分論。也就是第四卷。就算讀了其他卷也都只記述了我沒辦法使用的魔術。

然後，這個第四卷。土屬性的解說本《魔術入門Ⅳ》有夠薄。以厚度來看，恐怕遠比輕小說單薄。

順帶一提，關於火屬性解說本的《魔術入門Ⅱ》，厚度大概是附上案例的六法全書等級。喂！這從學生的學習階段起就完全是差別待遇啊！開什麼玩笑，宰了你喔扎連！啊，他已經死了……

姑且不論這件事。儘管如此我還是很認真閱讀著《魔術入門Ⅳ》。

我閱讀時立刻就發現了一件事，這本《魔術入門Ⅳ》的寫作手法，與第一卷以及石製書上扎連撰寫的文章稍微不同。

該怎麼說呢，文章很親切溫和，大概是這樣吧。

我突然想起這本土屬性的分論，封面有共同作者的姓名，會不會是那位「艾默里．海倫」負責執筆呢？

老實說光是這麼想，學習的動力也會變得完全不一樣啊。

嗯，沒錯。我的老師是艾默里老師。我絕不接受扎連那個廢物。

肯定沒錯。好，現在就決定是這樣了。

我下了這個決定後，再次開始熱衷學習。

總之為了維持動力，就把艾默里老師按照我的喜好，想像成是一個穩重成熟的大姊姊。如果喜歡讀書，那就更棒了。

是啊，我當然明白。我甚至不知道現實中艾默里老師的性別。而且萬一老師還活著，恐怕相當年長了吧。

…………

但是啊，各位。動力這種東西可是很重要的。

然後呢，《魔術入門Ⅳ》與其他像是魔術介紹書的分論不同，它加入了少許具體魔術的術式等解說。

所以稍不留神的話，就會看見文字羅列的部分。書的內容就會變成「紐啵啵雷呸雷呸雷唔齁齁＠♪♪」。真的很累。每次發生變化時，我就會覺得自己好像轉生成大猩猩或是原始人……

不過關於這點，大致上還有救。

我開始察覺到一件事，其實這種翻譯上的猩猩化現象，只要正確理解後逐步閱讀，就能順利避免。

雖然還很模糊，但我逐漸明白那所謂翻譯ＢＵＧ的真面目。

總之，我突然覺醒的神祕語言翻譯能力，沒辦法解讀所謂的魔術具體術式與魔術陣的內容。這就好比即使會使用語言或數字，但實際上沒有數學知識的話，數學公式看在眼裡就只是數字與記號的排列組合而已，兩者完全是相同現象。

而且所謂的魔術教科書無論是解說術式的文章、文法與單字的用法都極為特殊。也就是一般所說的學術文。所以在我看來，這個部分幾乎和剛進入大學就讀法律系的新生，閱讀明治時期大審院（註：設立於日本明治時期初期，直到最高裁判所設立為止，一直是日本近代（十九世紀末～二次世界大戰結束）的最高法院）的判決時感到絕望一樣。

……真是的。這半途而廢又麻煩得要命的翻譯功能到底是怎樣？我忍不住覺得這項翻譯能力似乎有什麼內幕。

「算了，總之靠自己認真學習好了。」

就接受挑戰吧。

我是不會氣餒的男人。

給我看著吧，艾默里老師。我會徹底學成的。

話雖如此，但昨天和今天，我只是一直賴在簷廊閱讀入門書。不管是實驗或是試射，自

「碎石生成」以來一次都沒做過。
前天的破壞自然恐怖攻擊事件，完全對我造成心靈創傷。

❖　❖　❖

我臥躺在簷廊，隨意翻閱著入門書。
就算不斷遇到翻譯能力猩猩化的現象也沒有氣餒，真虧我能讀到目前的進度。
嗯，真想誇獎自己。
就這樣，《魔術入門Ⅳ》也差不多來到後半段了。
今天開始要邁入新章。
……然後我在這一天，終於接觸到某個新手用的魔術，讓我今後的命運產生戲劇性變化。
那究竟是慈愛女神的福音？
還是殺戮魔女的咒縛呢？
這時的我，還不得而知。

「呃～什麼什麼……『魔像生成』？」

第6話

呼喚與回應

魔像。土之魔兵。

絕對服從生成術者的命令，強大且寡言的僕從。

而且在對抗魔術師的戰鬥之中能發揮相當大的優勢，所以在國家級別的軍事用途也十分盛行。

老實說全是垃圾魔術的土屬性魔術，在全十二種屬性中之所以勉強能占據「四大元素魔術」的其中一員，也幾乎是因為那唯一的內在條件。如果土屬性沒有魔像生成魔術，即使從四大元素的寶座被擠下來，也沒有人會擁護它吧。

在土屬性魔術之中帶有異端性質，發揮出來的總體能力與其他土屬性魔術相比，擁有極為不自然的傑出效能。

已毀滅的古代世界的魔術。

《魔術入門Ⅰ》裡，作者隆倍·扎連對於魔像寫下如此評價。

評價很高。

和至今為止他對於土屬性魔術的評比截然不同，這是非常高的評價。

不對，整體來說總覺得還是在損土屬性就是了……

不管怎麼說，土屬性魔術的解說本《魔術入門Ⅳ》其實有一半以上的頁數都用來講解「魔像生成」這一個魔術。

被扎連當成垃圾屬性的土魔術。而記載該屬性的《魔術入門Ⅳ》的厚度非常輕薄——雖然這點我已經講過了，但如果沒有這個「魔像生成」的章節，那麼《魔術入門Ⅳ》應該會迎來悲劇性的發展，成為宛如擺放在有明的國際展示場裡販售的薄本般輕薄的書刊。

「好，來試做看看吧。魔像！」

我當機立斷。

儘管我十分害怕每次使用魔術時所引發的災害。

當然如此高評價的魔像的性能，我也是深感興趣。

但是比起這點。

服從術者命令，寡言的僕從。

這不就是寵物狗嗎？

好想要……

我渴望和其他人聯繫，已經差不多到達極限了。

我並不是一個非常喜歡與人交際的人。反而是給我一本喜歡的書，我就能好幾天不與人見面，躲在家裡還比較輕鬆的類型。

但那是以身處於熟悉的世界，熟悉的地點為前提。

我完全不知道這個世界的情況，也沒有任何準備。

我所具備的常識，至今為止的知識也大多行不通。

而且也找不到人能夠與我交流。

一到這裡就是Boy Meets 白骨屍體。

還有被召喚過來後就擺脫不掉，看不見的陷阱與惡意氣息……

這股孤獨感超越想像。並不是初次搬離老家，在外獨居的年輕人第一晚感受到的寂寞所能相比的。

◆　◆　◆

我單手拿著《魔術入門Ⅳ》，離開扎連的隱居處。

走到一處沒有樹木的小空地停了下來。

這裡距離房子很遠。萬一又發生類似「碎石生成」的情況，應該也不會波及到房子。

「那就馬上開始吧。」

我捲起袖子，提起幹勁。

有一件衝擊性的新事實，其實我已經沒有穿著之前那件超土的睡衣了。

我探索房子時，發現幾件保存情況較為良好的衣服。

雖然有些破損，但拿來穿已經足夠了。當中還有幾件不知道怎麼穿的衣服，這裡果然是異世界。

今天穿在身上的，是類似襯衫加長褲的服裝，這一套與原來世界的服裝相近。

而且我把遺留在書房裡，數件看起來像魔術師長袍的其中一件穿在外面。它的前面是敞開的。第一眼看到的感覺像是福爾摩斯斗篷，但果然還是和原來世界的衣服有些不同。

不對，最關鍵的問題是我對原來世界的時尚知識非常匱乏……

我分不清Robe和Gown的差別。

也許原來世界裡也有這種時髦的服裝。

不管怎麼說，我現在乍看之下大概就像是這個世界的魔術師之類的樣子吧。

而且，多虧了扎連大人是有錢人，這些長袍全都散發出高級貨氣息。說不定我看起來也像是宮廷大魔術師。

那個英挺的混蛋扎連好像手腳都很長，他的衣服下襬對我來說有點太長……
全身時尚魔術師風的我，視線落在單手拿著的入門書上。
「……我看看，首先要製作土人偶作為魔像的素體嗎？」
素體，也就是魔像的身體。是本體吧。
如果是軍用魔像，還會幫素體穿上用特殊石材製成的裝甲，但那對於不愛爭鬥的我來說完全不重要。
我深吸一口氣。
集中——
想像魔像的形體，作為素體。
我不知道這世界的魔像普遍都是什麼形象。但是就那個吧。就像強壯的騎士一樣。
我好歹也是個男人。既然要做，就要做一具帥氣的魔像。
我想像著身穿精悍鎧甲的騎士。
順便講個題外話，我小學時期的繪畫成績非常爛。
「——『素體，生成』。」
我集中精神，前方的地面靜靜地掀起波紋。

然後湧起的細碎砂石匯集到空中，逐漸形成人的姿態。

慢慢地，慢慢地。按照著我的想像。

這與我在魔術陣上嘗試「碎石生成」時不同，沒有感受到亂七八糟的魔力洪流。

可以。很順利。這會成功喔。

「…………完成了。」

一個身高將近兩米的騎士，出現在我眼前——結果並不是，而是一個素描人偶。

我……我也算是相當努力了耶。

這已經是我造形能力的巔峰了。

我感受到才能的……才能的極限……

哎呀，這可不行。不能在此因為鬆懈而中斷魔力供給。不然就會像之前使用「碎石生成」創造的巨岩一樣，一下子就崩解回歸成砂石。

我緊接著進行第二個工程。

集中精神——

「——『輕量化』。」

這是去除指定範圍內的土魔術生成物重量的術式。

術。

聽說這原本是讓力量弱小的魔術師使用超越自身力量的大量土石時，所施展的輔助魔術。

由於魔像在素體狀態時相當沉重，可能會因此沒辦法自行移動。所以會事先使用這個術式，進行某種程度上的輕量化。

輕量化也不是沒有限制，會根據使用者差異的極限而有不同，從這點來看，這裡好像是個嚴格的世界……

不過，這個魔像是用普通的土製成的，所以也沒那麼沉重，雖然可能沒必要，但還是遵照教科書實施正確流程好了。

我是個認真的男人。

「……好。這樣就大致上把素體準備好了。」

我小心翼翼不中斷專注力，同時再次確認手上的《魔術入門Ⅳ》。

至今為止一切順利。

考慮到以往的魔術發生過那些事，現在太順利反而有點不安。

我現在輸入簡短的命令，如果成功，魔像應該就會啟動。

入門書裡記載著好幾道作為參考的命令短句。

我隨意選擇其中一則例句。

「——『聽我命令。往前方，前進，十步』」

素描人偶……不對，我的魔像一號的身體注入力量。

土色魔像緩緩抬起右腳。

然後，跨出一步。

「喔……喔喔。真……真厲害……！」

不知道是怎麼回事，但這讓人好感動。

魔像一號重重地、重重地，一步一步踏著強而有力的步伐緩緩前進。

多麼強勁的步伐啊！這傢伙一定很強！

「好，很好！去吧！加油！」

我拚命聲援魔像一號。

就這樣，我的魔像一號完美成形了。

然後正好前進十步時，逐漸停下動作。

下個瞬間，我的魔像一號嘩啦啦地變成砂土。

——瓦解。

「嗚……嗚哇啊啊啊啊！魔像一號啊啊啊啊啊啊啊啊！」

算了，正常的。

也不是真的失敗，以術式來看算是成功了。

這是土屬性魔術的**原則**

一旦術師終止魔力供給，達成生成後被賦予的任務後就會瓦解。

因為我對魔像生成的術式發出「往前進十步」的指令已經結束，所以那個瞬間，我對魔像一號的魔力供給也終止了。

魔像一號的生命，原本就會在前進十步後終結。

沒錯。所謂的土屬性魔術，簡單來說就是如此。

我用充滿孤獨的眼神，注視著曾為魔像一號的土堆。

為什麼呢？這片土地應該是溫暖的，如今的風卻冷得令人顫抖……

◈　◈　◈

「命令的方法果然是關鍵嗎……？」

魔像一號執行短句的命令後，由於土魔術的原則而瓦解。

這和入門書上寫的結果一致，仿照教科書的實驗算是大成功。

但是，作者隆倍・扎連在書中描述魔像是「在土屬性魔術之中帶有異端性質」的存在，想必結果不應只有如此。

「帶有異端性質」。

無非是這點，才能破解土魔術「術者的魔力供給中斷時，必定瓦解」的大原則。

不是入門用的真正魔像不會瓦解。

但是，入門書《魔術入門Ⅳ》裡並沒有更多的解說。

我試著在書房尋找其他參考書籍，但是與魔像相關標題的書只有一本。

果然對扎連來說，魔像不是他的主要研究領域。

我從書架上抽出那唯一的一本書。

非常厚重。封面如此寫著：

《魔像偵察紋研究與魔術陣之運用——提提歐・馬帝斯著——》

嗯……

總覺得這和我想找的內容好像有點不一樣。

不過從標題來看，感覺超難。不，不如說這標題早就超越我的理解範圍。偵察紋是什麼鬼啊？

我嘗試翻開這本厚重的書。

果然啊。翻譯能力猩猩化，完全沒辦法閱讀內容。好痛苦……

不行！扎連這廢物的藏書完全不可靠。

既然如此，我只能自立自強了。

我是不會輕易屈服的男人。

❖　❖　❖

然後一直到傍晚，我反覆嘗試生成實驗。

結果總共生成到魔像五號。全都脆弱地瓦解了……

雖說如此，也不是完全沒有收穫。

和書本的命令例句不同，二號之後我給予各式各樣的命令。因此得知了命令句太長就會無效。

如果命令句太長，魔像不會確實啟動。即使內容很單純也一樣。

反之，就算內容相當複雜且抽象，只要是短文就會啟動。

「去摘一堆紫色果實來給我」便是成功案例。

儘管內容十分抽象。

啊，順便說一下紫色果實。那是我最喜歡的食物，也是目前能食用的糧食之中對我而言的生命線，尊貴的蔓越莓蘋果。

另外，根據入門書的記述，魔像生成相當耗費魔力，所以沒辦法持續創造。但是對我而言沒有這項限制。

我如果持續集中精神，一天不管生成多少魔像都沒問題。別說是魔力耗盡了，就連使用魔力的感覺也沒有。

有時都差點忘了我的職業可是擁有驚人魔力的「魔導王」啊。在這點上，身為魔導王真是幫了大忙。

距離生成魔像一號，已經過了半天。

仰望的西邊天空開始染上美麗的金黃色。

差不多該準備晚餐了。這一具應該是今天最後的實驗體了。

「那麼，先來生成素體吧。」

以幾乎是連續的狀態生成五具魔像，讓我逐漸掌握訣竅。

我決定在適合的後院地面生成魔像。

在那之後，我為了翻找書房與吃午餐，中途回到隱居處好幾次。於是我後來就在房子後面進行魔像實驗。

由於按照教科書順利執行各種試驗，至少對於「魔像生成」再也不用擔心失控了。我是這麼想的。

所以這時，我不經意偏離本應固定在院子地面的視線。

前方茂盛的綠林裡，好像有什麼白色的物體在發光。

「？那是什麼？」

我彷彿被吸引，開始往樹林方向前進。

一瞬間發出光芒的神祕物體，好像躲藏在樹蔭下一樣，默默聳立著。

那是一根純白的石柱。

如雪一般美麗奪目的圓柱，寂靜地佇立於此。

高度大約三公尺。寬度大概逼近直徑一公尺吧。有著相當不合時宜的美麗，以及清澈的奇妙存在感。

「為什麼這地方有柱子……？」

我試著輕輕敲擊並且觀察，但真的只是石柱。沒有可疑的地方。

這會是有錢人宅邸的庭院中常見的擺飾嗎？

我注視著美麗石柱許久，這時腦海又浮現某個想法。

「……用這個創造魔像的話，就有高級貨的感覺，好像會很厲害。」

身體純白無瑕的魔像，一定很美。

或許是因為照教科書上的做法成功進行魔像生成，讓我的心情開始有所餘裕。

我沒有特別多想，直接決定把白色石柱當成素體生成的材料。

「——『素體，生成』。」

石柱變成大量白色粒子，開始在前方起舞。

宛如置身在閃耀的雪之中的奇幻光景。

我聚集粒子，慢慢用魔力提煉。

然後逐漸形成魔像的素體。

「……好了。」

成品是身長將近一米九的純白魔像。

雖然依舊是素描人偶的風格，但我也漸漸習慣生成了。就算是素描人偶，也是有著洗鍊線條的素描人偶。這傢伙光看外表就感覺很強。

從原本的巨大圓柱，壓縮成現在的體型。再加上這次不是土，而是石頭魔像。看來有必要集中精神加強輕量化。

「──『輕量化』。」

我仔細仿效至今反覆施展多次的魔術。

嗯。這次施放也沒有問題。

我看著優秀的魔像素體，吐了一大口氣。

「接下來才是問題啊。」

為了創造不會瓦解的魔像，我事先準備好幾個可能會用到的命令句。

至少要能夠一句結束，並且不能是常見的命令句。

不然執行命令後就會立刻瓦解。

不會因為執行而結束的命令。必須是永久服從，維持一定狀態的命令。而且要簡短。

總之，我正思索著把內容限定在最籠統的範圍。

大致的內容框架是「與我保持永遠的從屬關係」，我打算先試幾道類似的簡短抽象命令句。

「『聽我命令——』……」

那麼，應該如何命令呢？

「去摘一堆果實來給我」是能夠執行的命令，符合形式的話，即使是挺隨便的命令也沒問題的這點已經獲得證實。反正就算無效也不會執行任何動作，反而能多一次機會下達別的命令。

沒錯。其實沒什麼必要如此慎重思考這個問題。

只要內容沒有偏離原本的意圖，直接把浮現腦海中的命令說出口也沒關係。

……成為我的從屬嗎……

我好歹是個文明人，沒有特別需要奴隸或僕人啊。會製作魔像，到頭來也只是想找個說話對象而已。

這時我腦中所想的，是養在老家的那隻笨狗。

說起那傢伙，雖然大致上認我是飼主，但總覺得牠很我行我素。

那隻狗對我來說是什麼呢？

不是什麼奴隸。也不是僕人。

那傢伙有時也會反抗我。

覺得麻煩或是沒有興致時，就算待在一起，我也是無視牠去看書，或是牠跑到院子裡。

但是呢，如果真心拜託對方的話，互相都會傾聽對方想說的話吧。

又或者哪一方遭遇危險時——

那樣的關係，稱為什麼呢？

啊啊，沒錯。

「……——『成為我永遠的伙伴吧』。」

寂靜籠罩四周。

我第一個想法是「失效了嗎？」，於是我悠閒地思考接下來要用什麼樣的短文。

再來感受到的是空氣震動——不對，是空間震動。

這確實是在之前大岩扉封印解除時的感受。雖然之後多次使用魔術，但再也沒有過這種感覺。

然後，緊接著——

意外發生了。

我感覺到從我身體裡好像有**什麼**，被一股非常龐大的力量吸取出來。

記得我之前舉了什麼「像放悶屁一樣」的無聊例子。但是這次的可沒有那麼薄弱。力量以猛烈的速度流失。

被吸取的這個，難道是魔力嗎……？

魔力的洪流，湧向眼前這尊從石柱製作而成的白色魔像素體。

從我體內噴出狂暴濁流一般的大量魔力，不斷流入感覺不適合這種緊張情況的雪白魔像。感覺魔像內部的魔力流動以驚人的速度開始循環。

並非視覺效果。我只能說，是種感受。

不對，但……但是，這……！

吸……吸太多了……！

持續被吸走大量魔力，我的意識逐漸模糊。

◈ ◈ ◈

……從結論開始說吧。

當時的我，對於魔像有致命性的誤會。

就像一開始入門書裡的說明，關於魔像的魔術，都是以國家等級進行軍事研究的產物。是一門擁有高度複雜體系的領域。初學者用的入門書，不會輕描淡寫地把某種程度以上的高度專業性內容寫在上面。真要說起來，這本書的主要作者隆倍·扎連，怎麼看都不像是魔像的專家。

所以說，入門書《魔術入門Ⅳ》上記載的「魔像生成」，可謂是函授課程每個月會寄送「組裝零件，製作走路機器人吧！」之類的，十分輕鬆的內容。一開始為了生成而準備的素體，終究也是配合內容的等級，不是在這之上的東西。

但是，無知的我對那可憐的魔像素體發出的命令，大概是像「給我像個近未來ＳＦ機器人一樣工作吧」之類超級鬼畜的內容。

如今，只會走路的函授課程附錄機器人，被強制命令要成為近未來ＳＦ機器人——而且這命令還是依照魔力總量為基準被指定召喚的「魔導王」注入誇張的龐大魔力所發出的——即使如此，如果只是這樣的話，一般來說應該會像之前幾個實驗一樣，不會執行命令就結束了。

但是，這個現場還有我不知道的未知不確定要素存在。

各式各樣複雜的現象交織，引發超越人類智能的化學變化。
那是單純的偶然，還是該稱為命運呢？

作為沒有生命的魔像，用完就丟的單向命令式魔像素體。
平常不可能產生效果的命令句。
溫柔的，土之，魔導王。
然後，最後，悲傷魔女的——

——我終於完全失去意識。

❖ ❖ ❖

時間到底經過了多久呢？
我在床上醒來。

好累。

全身感受到難以想像的倦怠感。

我慢慢地眨了眨眼。

累得想死。完全沒辦法活動身體啊。

話說，這是哪裡的床？

我用視線動向搜尋四周，到處都有些破損，老舊房子的裝潢映入眼簾。

噢，對了。我想起來了。

這裡是異世界，死去的邪惡召喚術者的家，是寢室嗎……

我的頭腦逐漸清晰。

不對，等等。我知道我現在在扎連那傢伙原本的隱居處了。

但是現在這是什麼情況？

我剛才應該是在房子的後院倒下。在那之後，我到底是怎麼轉移過來的？

而且，其實從剛才開始，我更在意某件事。

床邊——有一個白色素描人偶，正探視著我的情況。

我感覺到視線。非常炙熱的視線。

這傢伙應該是我用那根石柱製作的魔像。

我記得是魔像……呃，幾號來著？

「……是你把我帶到這裡的嗎？」

我試著詢問，但白色魔像沒有任何答覆。

不過它對我的聲音有反應，微微動了身軀。就像在側耳傾聽我的聲音。我從這個動作感受到了確實的智能。

「…………！」

實驗成功了。

雖然非常開心，但很無奈地，我全身疲倦到完全無法動彈。現在的我，就連握拳慶祝的力氣也沒有。

再說，在這樣的狀態下根本不可能靠自己的力量爬上床。以我的個性，頂多只能爬到玄關而已。而且也確實會在那裡睡覺。

所以，一定是這個新人魔像特地把我帶來這裡照顧我。

原來如此，所有謎題都解開了。

…………

這個魔像有夠好心的啦！

我立刻就中意這傢伙了。

「趕快來取個名字吧……」

優秀的伙伴，就要取個優秀的名字。那是我的作風。

名字是伴隨一生的，很重要。

讓我想想喔……

真傷腦筋耶。

帥氣是理所當然的，但還是取一個適合魔像的名字比較好吧，大概。

「好，決定了。你的名字是『魔像太郎』！」

嗯。

我還真是取了個簡潔又有品味，且充滿男子氣概的好名字。

我緩緩從床上坐起身，看著眼前的魔像。

命名為魔像太郎的純白魔像，靜靜地站在床邊。

話說這傢伙，能用語言交流嗎？

「喂——魔像太郎。」

啊，他看過來了。好像聽得懂人話啊。

那我必須先自我介紹才行。

一開始的招呼很重要嘛。

「謝謝你照顧我，魔像太郎。今後請多指教。我的名字是——」

我的名字是。

我的，名字，是……

我全身僵硬。

我的想法追不上現在才察覺到的恐怖事實。

「……——我的名字……是什麼？」

我不知道自己的名字。

◆ ◆ ◆

到底從何時開始的……？

名字。家人。

決定自身存在的重要情報變成蠶食狀態，非常模糊。

如今想來，生成魔像太郎時，就已經很可疑了。

以我想要魔像的理由來看，最先浮現腦海中的，是我那有點蠢但也稍微可靠的飼犬。我清楚地想起那傢伙搖著尾巴衝過來的樣子，還有喊牠時眼睛一亮的樣子。

……但是，那時我卻沒有想起那傢伙的「名字」。

如今想來，我被放逐到這種未知世界，甚至感到性命垂危，而我對原來世界的執著卻異常淺薄。沒錯。早在更久之前，我就**應該**思念那些留在原來世界的重要人們而感到悲嘆。

拚命應付瞬息萬變的情況，完全忽略了許多細小的不協調感。

但是那所有的不協調感，恐怕都暗示著一件事。

——那就是我被召喚後，就已經陷入了不知道自己名字和家人的狀態……

之前我的腦中不斷浮現召喚術者隆倍．扎連這個名字。

該不會是這傢伙的錯吧？

他原本想控制我毀滅這個世界，老實說，有太多需要關注的地方，而我卻忽略了。

雖然我有驚無險躲掉最不妙的記憶破壞&人格改寫的即死系咒語「魂轉寫」，但是在那之前類似催眠術的東西我直到中途都深陷其中。該不會是那個召喚魔術陣裡還設置了除此之外的陷阱吧？

當我思索著大腦被竄改的可能性時，我能理解這世界的語言也很不可思議。再說，這個神祕的翻譯能力對扎連到底有什麼好處？反正他原本就打算消除並改寫我的記憶不是嗎？說到好處，讓我遺忘自己和家人與狗的名字能得到的好處也是個謎。特別是狗，絕對沒有意義吧……

真的假的……搞不懂……

不過，能迅速轉換想法是我其中一個被稱讚的美德。

「不管了，忘掉就也沒辦法了。」

也有可能只是一時之間喪失記憶而已。

況且以我在這個世界的現況來看，根本沒有空為了名字遲疑煩惱。

因為一不留神就可能會死啊。

雖然太過孤單而沉迷於製作魔像，但不開始認真想辦法逃出盆地的話就不妙了。這裡的食物也不是無限供應的。

總之我先試著和魔像太郎說一說原來世界的事，順便確認記憶。

說話給別人聽有助於整理自己的大腦。

我開始溫和地對著床邊的魔像太郎訴說。

◈　◈　◈

「……所以，當我意識到時，就已經來到這個世界了。原來世界的紀念物，如今也只剩下那件超土睡衣了。」

魔像太郎動也不動地聽著我說話。

說真的，他能不能理解都是個謎，但剛才說到超土睡衣時，他的頭有稍微轉往睡衣的方向。

既然能理解內容，那他應該有認真聽。真是親切。

就這樣，我對魔像太郎說了各式各樣原來世界的事情，同時大致上掌握了記憶缺少的情形。

果然不是所有人類的名字都想不起來。

想不起來的好像只有和我親近的人們。而且關係與我越好，記憶缺口就越大。名字、長相……按照這個順序慢慢遺忘。

可怕的是，就連兄弟姊妹是否存在也變得模糊不清。

反而是總理大臣或藝人的名字都能輕鬆想起來。

還有關於狗的事，我遺忘的只有自己養的狗的名字。名犬或是忠犬之類的有名狗狗，都能回憶起來。

話說老家好像也有貓，但是牠的名字我也忘了。這個稀有現象到底是怎麼回事？

另外，除了政治家和藝人，歷史上的偉人我也能完美叫出名字。

我中途岔了題，不知道為什麼開始向魔像太郎講解關於德川家康的歷史。但是魔像太郎沒有不理我，一直認真聽我講述江戶幕府創建的事。他好善良喔。

話說……他超級認真的耶。這麼喜歡家康的故事嗎？不對，等等。你的臉有點靠太近了喔，魔像太郎。

魔像太郎的臉一靠近我才想起，他的臉上稍微靠近額頭的地方，有個似曾相似的神祕圖紋。

不是很大，也沒有很複雜。是一個類似倒三角形的形狀，乍看之下很像文字。

我不記得生成素體時有刻上這種奇異的圖紋。

所以我在想，會不會是啟動時附加上去的？

「那個，魔像太郎。你的**這個**，是什麼？」

我試著用手指觸摸他額頭上的圖紋。

被我觸碰的魔像太郎輕微扭動身軀。

喔喔，他的樣子好像狗被搓臉時的反應！

那麼，為了一開始就確定族群（家人）內部之中狗同伴（成員）的次序，我只能粗暴地玩弄這傢伙的額頭。

慢著，不要誤會喔。這絕不是要對我製作出來的可愛魔像惡作劇。畢竟這是決定我們族群的領導者的必要儀式。

「……哦，你不喜歡這裡被摸嗎？別在意，來來來。」

我不斷輕撫魔像太郎的額頭。每當我用手指觸碰，魔像太郎就會微微顫抖。

呵呵。這反應還真可愛，和龐大的體型不搭尬喔。

當然如果魔像太郎真心討厭的話，也可以撥開我或是躲到一邊，但是他卻沒有那樣做。

總覺得他往上看的姿勢傳遞出抗議氣息，但我還是繼續玩弄他。

這種反應根本就是小狗。

我確定了。果然魔像等於狗的比喻一點也沒錯。

我突然發現，被狂摸額頭的魔像太郎似乎開始疲倦了。

「哎呀！抱歉抱歉，玩過頭了。」

我一邊賠罪，一邊就像對待曾經的愛犬，溫柔撫摸魔像太郎的頭。

「哈哈哈。你的頭意外地凹凸不平呢。」

拜我的造形能力所賜。

沒辦法做得很平滑呢，請原諒我。

魔像太郎一直看著我的笑臉。

感覺狀況變好了。身體上的倦怠也似乎減輕了。雖然還是沒辦法下床走動。

果然還是要有說話對象比較好。

第7話

第二次相會

「很好，魔像太郎。來，萬歲——！」

清澈的藍天之下，我用破布將魔像太郎的純白身體擦得閃閃發亮。

魔像太郎高舉雙手，十分聽話。好吧，我讓你連腋下也白得閃閃發亮。

……嗯。我也對那些將摩托車擦得亮晶晶的人感同身受。

在房子後院嘗試「魔像生成」的那天起，已經過了三天。

不，我不知道準確的天數。因為我也不清楚失去意識後過了多久。我這兩天幾乎都在睡覺，所以至少過了三天。

雖然我幾乎臥床不起，但我說了很多日本的事給魔像太郎聽，所以完全不會無聊。這點真是幫了大忙。只是他聽我說話時會把臉靠得非常近，讓我有些壓迫感。他是一個非常認真的聽眾。

去外面採摘果實的工作，也全是魔像太郎替我完成。

魔像太郎明明有著龐大的身軀，卻出乎意料地靈巧。他的手臂就像人型機器人的機械手臂，看上去強而有力，但動作非常細膩。如果手指再細一點，估計縫紉也能辦到。我的造形能力太拙劣，真是對不起……

另外，由於我只吃蔓越莓蘋果，所以魔像太郎已經漸漸掌握如何選定成熟美味的蔓越莓蘋果的方法。太……太聰明了……

總之，關於魔像太郎的性能好壞先暫時放一旁吧。

沒想到製作出他這具魔像，竟然讓我好幾天都躺在床上……

我之前開啟大岩扉時搞得亂七八糟，還弄出黑色百合花的圖案，打開石製書的鎖具後還產生曼陀珠可樂噴泉。

緊接著「碎石生成」也引發破壞庭園自然的大慘案。

最後的「魔像生成」特別糟糕。失去意識後，因為魔力損耗臥床不起，還讓自己製作出來的魔像照護。

只好承認了。我沒有魔術的才能……

至少「魔像生成」，我想這輩子都不會再做了。

無論如何，現在體力幾乎回復了。就連倦怠感也幾乎消失。

順帶一提，我現在是只穿一條內褲，充滿野性的狂野裝扮。

因為一直睡到今天早上，所以恢復精神後的第一件事，就是在後院擦拭身體。
然後，也順便打磨魔像太郎。

「好！頭低下來，魔像太郎。」
魔像太郎弓起背鞠躬，十分聽話。
我用破布在魔像太郎的髮旋處摩擦，並且輕輕拍打他的頭。
順勢撫摸他的頭。
「好，完成了。你的頭真的很光滑耶！」
從今天起，終於要認真重啟活動了。
……嗯？等等。我現在和魔像太郎的互動，好像有點奇怪。
但最後我也沒有對此深入思考。
因為，我察覺到其他更詭異的事。
雖然我們現在在房子後面的水井處擦拭身體……
但我看見前方樹林附近的地面——開了一個洞。
咦？之前有那個洞嗎？
我左思右想後驚覺。

對了，那裡應該是生成魔像太郎的素體時使用的白色石柱的位置。從水井處看過去，那個位置不就成為樹木的死角嗎？

話說那個白色石柱底下，竟然有如此詭異的洞。

到底是什麼洞呢？乍看之下很像一口井。

我慢慢靠近，試著觀察洞裡的情況。

魔像太郎站在水井處動也不動。

「……怎麼了，魔像太郎？」

真奇怪啊。

這傢伙平常總像隻雛鳥，無論我去哪都如影隨形，還有一次甚至打算跟到廁所裡，實在是讓我傷透腦筋……

這時我突然發現了。

「等等。話說，你……」

我不禁回想，魔像太郎在這兩天好像想讓我遠離水井。

扎連隱居處的水井，是利用只有在這個後院才會湧出的地下水。所以原本我必須一天來這裡好幾次。

但是魔像太郎最近都一直幫我取水，所以我根本沒必要過來。而且今天來這裡前，魔像太郎輕輕拉了我的內褲下襬，感覺有點抗拒。可是我躺在床上兩天，身體有些難受，所以無視他的抵抗強行前來。

我還以為他拉住我的內褲下襬，是想找我一起玩。

小狗常做這種事。而我總是無視。

雖然對魔像太郎的行為抱持著些許疑惑，但我還是毫無顧慮地查看洞口。

然後，有點後悔。

啊啊。魔像太郎，你是對的。

——我看見陰暗的洞穴深處，有一道躺臥在地的人影。

❖ ❖ ❖

我慌張地跑回房子。

迅速更衣整裝，隨便披上一件長袍就跑回後院。

總不能只穿一條內褲就跳進洞裡啊。

而且像這樣整理儀容，是與人見面的最低限度紳士修養。

咦，你說魔像太郎？沒關係啦，他是家人，所以只穿一條內褲見面也行。

「喂！躺在那裡的人！你沒事吧？」

我站在洞口外，好幾次對著洞內呼喊。

如我所料，洞內沒有傳來答覆。

老實說，在那陰暗之中的人，生存的可能性無限趨近於零。

但是，也不是等於零……

基本上擁有文明人內在的我，不容許無視這件事。

洞穴的深度，目測應該有四至五公尺以上。

雖然下面陰暗看不清楚，但底下的空間與入口處相比好像相當寬廣。至少消除了這裡只是一口枯井的猜想。

因為原本是石柱堵塞的地點，所以入口也有直徑一公尺以上。對我隻身進入而言算是十分寬敞。

我已經把儲藏室裡面的老舊長繩拿過來了。

計畫是魔像太郎在洞口處拿著長繩，而我順著繩索垂降到內部。

剛才不想靠近洞穴的魔像太郎，看見我決心進入內部後，便來到洞口旁。真是溫柔啊。很有骨氣喔，魔像太郎。

我握住纏繞在魔像太郎身上的長繩。

雖然是非常老舊的繩索，但應該沒問題吧。

算了，如果途中斷掉，應該也摔不死。

但是有可能會骨折。

……

還……還是不要垂降了吧……

兩難的我，看見魔像太郎的臉。

沒錯。我到底在怕什麼。

為了教育魔像太郎，我必須在這裡展現身為文明人的模範態度。

而且，說實話……如果躺臥在洞穴中的人還沒殞命，就算只有如同沙粒一般的可能性，我也想為他做些能力所及的事。

現在這裡能做些什麼的，只有我而已。

我下定決心，開始順著繩索垂降到洞穴底部。

垂降過程意外順利。除了途中繩索嘎吱作響讓我嚇到發抖。

下降時出於各種考量，我也盡可能不往下看。

「……差不多可以踩到底了吧？」

垂降過程中我也看往旁邊的內壁，感覺這地下空間好像是一座枯井再向四面八方拓寬數公尺的規模。並沒有那麼寬敞。

哦，終於可以踩到底了。

我已經漸漸習慣周圍的黑暗。

躺臥地上的人影，距離我的著陸地點再稍微旁邊的位置。

正當我做好覺悟要看過去時，頭上傳來一陣聲響。

我抬頭一看，魔像太郎試圖從頂端圓形的開口處下來。

等等，你的體型進不來吧？

……哎呀？好像可以輕鬆進來。

不對，等等等等等等！

你下來的話，誰要把我拉上去啊！

等一……啊……魔太，不行——

「魔太！停下！」

我慢了一步。

魔像太郎扶著洞口邊緣，輕鬆斜跳進來。
然後輕盈地踩著內壁，在空中快速迴轉。
在我的右邊優雅著陸。
我無話可說。
這傢伙剛才連落地的聲音都沒有發出。
「你這傢伙，到底有怎樣的運動神經啊……」
不……不對。算了。按照剛才的動作，魔像太郎肯定可以自行脫離洞穴。不用擔心回不去。總之先這麼慶幸吧。
我重新整理好心情，稍微深呼吸。
下定決心後，把視線移到躺臥腳邊的人影。
我睜開雙眼。
躺在那裡的，居然是——
——白骨屍體。
可惡啊啊啊啊啊啊啊！又是白骨屍體嗎！

雖然是預料之中！雖然我是預想過這種情況啦！我在這異世界遇到的人類，現階段的白骨屍體率不就是百分之百嗎！

……對不起，我失去理智了。

「嗯？」

我突然感受到身旁傳來強烈的視線。

視線的主人是……魔像太郎。

當然，魔像太郎沒有眼睛。實際就是他把臉朝著我，真的就只是那樣。

但我覺得自己被魔像太郎注視著。

然後此刻我第一次感覺到，從魔像太郎那傳來一股非常強烈的情緒波動。

這是，恐懼……不對，是極度不安嗎？

魔像太郎一副提心吊膽的樣子看著我。

肩膀稍微收緊，身體也有些瑟縮。

看來讓魔像太郎強烈不安的對象，不是腳邊的屍體，而是眼前的我。

為什麼在這種情況下，不是在意屍體而是我呢？

和我現在恐慌的感覺，好像有什麼微妙差距……

現在魔像太郎的樣子，就像是預想被父母責罵，蜷縮著哭泣的小孩。

難道，他以為今天不讓我靠近後院，所以我現在在生氣嗎？
然後為了確認我是否生氣，特地下來這原本不想靠近的洞穴嗎？
不，不對。應該不是那樣。
那麼，你到底在害怕什麼——

……嗯，搞不懂。
我的思緒完全停止。
也是啦，第一次看見白骨屍體當然會怕嘛！
就算是魔像也會不安啊。差點就忘了這傢伙還是嬰兒。
老實說，我剛開始被召喚來就立刻和扎連那混蛋的白骨屍體處在同個空間好幾個小時。總覺得好像已經稍微產生對於白骨屍體的抗性。或許是因為我已經習慣了，所以才會莫名在意這些多餘的事情。
這時就應該由我這個遭遇白骨屍體的前輩，來消除新手魔像太郎的不安了。
我把手輕輕放在魔像太郎的肩上，溫柔地拍了幾下。
然後露出明亮的笑容。
別擔心。有我這個白骨屍體的老手（※本社比）跟著。

魔像太郎看見我的笑容時，周圍的氣氛舒緩柔和，他也變得放鬆安詳。

同時纏繞在我身上的那道不安視線，也如同幻影般煙消雲散。

甚至我認真覺得剛才感受到的一連串情緒，會不會都只是我的錯覺。

總之，魔像太郎好像已經沒事了。

我再次觀察地板上的屍體。

屍體——就如同上述所言，完全白骨化了。

看不出年齡和性別。

這和隆倍・扎連的屍體不同，這具屍體的衣服受損程度嚴重。從外表難以推測。

我低頭觀察橫臥在地的屍體時，視線固定在某一點。

屍體的雙手雙腳，都被枷鎖束縛。

奇妙的手銬和腳鐐。

是金屬製，不對，看上去好像是石頭或是樹脂。枷鎖的表面好像刻著什麼圖紋，但關鍵的圖案已經生鏽毀損。

乍看之下很像裝飾品的手環與腳環，我立刻就能判斷出那是鎖具。

因為從枷鎖延伸的鎖鏈，把屍體的手腳綁在地上。

這看似被囚禁的屍體，讓我想起第一天被召喚時讀到隆倍・扎連遺書的內容。我記得裡面寫著，儀式前除了奉獻自己的性命，還把擁有「返祖之血」的人作為「喚魂水的活供品」。

難道那個活供品，就是眼前躺臥在地的人嗎……？

我的視線釘在屍體上，彷彿無法動彈。

稍有不慎的話，我也會變成那樣嗎？

這個人的下場，就是那天穿越隧道，另一個未來的我。

「……把鎖拿掉，替他在明亮的洞穴外立一座墳墓吧。」

連結鎖具和地板的鎖鍊很短，這個人在這堅硬冰冷的石頭地板上，一定直到最後一刻都沒辦法起身吧。

我的低語迴盪在這寧靜的地底，也沒有特別徵求我身旁魔像太郎的同意。只是自言自語而已。

「…………在這種陰暗寂寞的地方長眠，我可敬謝不敏。」

我當場脫下身上的長袍裹住屍體。

魔像太郎也默默在我旁邊協助。

他撿拾細碎遺骸的手指動作，和平時一樣，十分細膩。

當我把這件包裹一個人仍舊非常輕盈的長袍小心翼翼地抱起時，從破損的遺骨衣物空隙中，掉出小巧的物品。

我非常後悔察覺到那個物品。

那是一個年輕女孩子會隨身攜帶，上面有小花圖案的紅色髮夾。

◆　◆　◆

結果這個洞穴裡除了受害者的屍體，沒有其他特別的東西了。

這裡一定是與之前的召喚術相關，作為某種儀式用的空間。屍體下方的地面還有一個小魔術陣。

與以前發現的兩個召喚用魔術陣大同小異。

但是憑我的知識，沒辦法知道更多訊息。

當我準備離開洞穴時，我第一次注意到我的腳邊，也就是出口正下方的地面有大約直徑一公尺的圓形凹陷。

「啊。難道這是之前白色圓柱的根部嗎……？」

那麼石柱不是位於洞穴邊緣，而是直接貫穿到地底的屍體旁嗎？

但如果是這樣，那我生成魔像太郎的素體時，不就使用了當初設想的數倍物量嗎……

我陷入沉思時，魔像太郎從洞口輕輕拉起我抓住的繩子。

我的思緒因此暫時中止。

從洞穴出來後，我們埋葬了發現的遺骨。

稍微想了一下，決定把遺骨埋在之前「碎石生成」炸開的庭園前方土地上。

那個地方原本就光線充足，通風良好。更重要的是，我每天都會把吃完的蔓越莓蘋果的種子珍惜地種在那裡。未來那裡會是一片蔓越莓蘋果的茂盛田地，在我心中已經是既定事實了。

這麼一來，那具屍體的主人也不會再感到寂寞了吧。

第8話
異世界與初戰

「這……這個……難道是地圖嗎……！」

我在書房內凝視著那張紙，不禁叫了出來。

「喂，魔太！魔像太郎，你看這個。這裡有地圖喔！」

我把頭轉向應該站在後面的魔像太郎……哇，臉好近！

這傢伙怎麼回事，自從上次的石柱洞穴一事，感覺他離我越來越近了。

❖　❖　❖

其實探索完那個垂直洞穴的隔天，我再次調查這間房子的內部。

理由很簡單。

因為魔像太郎的探索能力非常優秀。

扎連的隱居處裡我沒有察覺的內部構造，魔像太郎都幫我查明了。

一開始發現這傢伙的高超探索能力，是在用餐時。

就在我自言自語說出「不想只吃水果，偶爾也想吃肉啊」這句話後，發生了那起事件。

——魔像太郎突然開始強硬地掀開房間地板。

一邊發出破壞聲響，一邊用單手輕輕掀起舖材。即使在我眼前發生，這力量還是令人不敢置信。

然後地板下方竟然出現壯觀的地下食品庫。

我應該對隱藏在地板下的事實感到驚訝呢，還是對強行揭露事實的魔像太郎的能力感到驚訝呢……

另外，我看著地板上的大洞，在心中湧現各種吐嘈，例如「就算不破壞地板，也有更溫和的發現方法吧？」。

但是算了，先把這問題拋在一旁吧。

因為我家可愛的魔像太郎為了不讓我餓肚子，特地努力幫我尋找肉類食物。

那個巨大地下食品庫保存著肉乾、麵包，還有我覺得是一種起司的發酵乳製品等大量食物。

裡面不只有我眼熟的食材，還有完全不知是何物，類似醃漬物的發酵食品，以及散發苦味類似紅豆的豆子等，不知道烹飪方法的神祕食材也占據了一定比例。從這點看來，這裡果然是異世界啊。飲食文化明顯不同。

但是所有的食品，都是沒有過期的可食用狀態。

令人驚訝的是黑麵包——外觀黑色，味道也很像麵包，為了方便而如此稱呼，不知道是否和原來世界一樣都用黑麥製成——這個絲毫沒有變硬。甚至沒必要沾著湯食用。

當我看見這些食物的保存狀態時，我確定了一件事。

這棟房子，至少地下食品庫與書房裡，設置了某種魔術。

與盆地內所有的地方相比，只有這兩個房間所觀測到的時間流逝明顯不同，所以已經不用再懷疑了。

不知道是召喚術還是其他某種原因，我的召喚與扎連死亡之間，顯然存在著以年為單位的時間延遲。他徹底白骨化的屍體、房子腐朽長年累月埋沒於綠林之中，麵包的保存狀態卻依舊柔軟？這些現象一般來說不可能會發生。

「……入門書的魔術之中，確實有『時間屬性』。難道是那個？」

入門系列的最終卷第十二卷，也就是《魔術入門XII》裡記載著那個屬性。好像是「統治時間與空間」的屬性還是什麼……

像這樣親眼見證它的效果，感覺是相當強大的屬性魔術。

我只有不方便的土屬性才能，覺得羨慕不已。

一開始發現食品庫後，我和魔像太郎便一起探索房子。

雖然發現其他像是裡面帶有天窗的屋頂房間，或是幾個小地方，但最大的發現還是剛才所說的「地圖」。

那是從書房桌子上鎖的抽屜中找到的。

那裡的抽屜一直都打不開。

什麼？你說到底是怎麼開鎖的？

那當然是，那個……魔像太郎用蠻力撬開的。

他把金屬製的厚重鎖具輕鬆捏碎的模樣，就如同對待柔嫩豆腐一樣……

❖ ❖ ❖

我坐在日照暖和的簷廊，一邊吃著起司一邊看地圖。

魔像太郎緊鄰坐在我旁邊。

「喂，魔像太郎。這個世界的起司真有趣。超有彈力耶，你看。我拉～」

在地下食品庫找到的起司用火烤一下，稍微融化後的彈性很好。

當我打算把這超彈力展現給魔像太郎看時，起司在途中斷裂，有一部分黏在我的臉上。

「嗚哇……」

面對這意想不到的悲劇，我皺起眉頭。

魔像太郎溫柔地幫我擦掉起司。

觸碰我的指尖動作非常小心，他真的很溫柔，和粗壯的外表相反。

「謝謝你，魔像太郎。勞煩你費心了……」

雖然我說過好多次了，但這個伙伴真的很善良。

其實燒烤起司也是魔像太郎代勞。

他已經差不多會處理簡單的烹飪了。

雖然礙於手指構造，精密作業仍有侷限，但老實說我們現在的飲食，說是烹飪，其實就只是簡單的切開食材與盛盤，之後只需要燒開熱水，或是像這樣用火燒烤之類的工作。

話說，魔像太郎完美到有點嚇人。

記憶力也很好。不，反而是他有時候知道我不知道的事。

舉例來說，他把我的衣服放在木桶上用手洗時，會使用肥皂。一種淡褐色類似磚頭的奇妙肥皂。氣味完全不像肥皂，散發獨特香氣，一開始我根本不知道那東西竟然是肥皂。所以一直以來衣服都只用水洗，而魔像太郎第一次洗衣服就很自然地使用肥皂。

我完全不知道魔像太郎得知肥皂存在的原理。魔像真的很厲害啊……

而且他真的非常非常照顧我，我都感到良心不安了。

魔像太郎啊，原來你是我的執事嗎……？

我一口氣喝光我家能幹的執事——魔像太郎替我倒的白開水，同時研究地圖。

從書房桌子發現的這張地圖意外簡易。我能讀懂文字，也大概能理解內容。雖然有獨特的地形標記或簡易符號，一眼看上去不知道是什麼意思，但我想那些只要實際走訪並且對照就沒問題。

從自然景觀的配置來看，這張應該不是世界地圖，而是大比例尺的地圖。像是河川就畫得相當寬廣。

「雖然不知道正確的距離有點麻煩……就近的話，還是應該先去看一下這個叫作『薩馬里』的村莊。」

我對著魔像太郎，指著地圖上的一點。

寫著薩馬里，看似村莊的地點。從目前地點能前往的村莊之中，那裡應該是最近的。

魔像太郎熱情地看著我所指的薩馬里一字。

「啊，順帶一提，我們現在的盆地大概是這裡吧。」

由於目前地點用紅色文字標記，所以立刻就能確認。手寫的「3－24：甲盆地　最終候補地點」的文字。應該就是這個盆地吧。

盆地周圍平地與山較多，看起來地圖中沒有大海。

「……嗯？等一下。那這裡是偏內陸嗎？白天溫暖，夜間溫度也幾乎沒有變化，我以為是沿海地區。」

我環抱雙臂，覺得納悶。

看到我的樣子，魔像太郎立刻拿出某種東西。

「啊，是蔓越莓蘋果嗎？謝啦。」

木盤上擺著切得很高雅的紫紅色新鮮果實。

我還以為他的手在忙些什麼，原來是幫我準備甜點嗎？真是溫柔又貼心。

魔像太郎的龐大手指握著不合適的小型綠色刀具。

用奇異金屬打造的綠色小刀，是這家中的刃器裡唯一沒有生鏽的刀。我在想會不會是這世界類似陶瓷菜刀的東西。

「話說，你那把刀真的用得很熟練啊。」

受到誇獎的魔像太郎看似高興地微微搖擺著肩膀。

總覺得那就像小狗搖尾巴一樣。

我輕撫魔像太郎的頭。

然後魔像太郎感覺很驚喜，非常克制地往我身邊靠了過來。

他好像很疑惑能不能靠近我。我看見他稍微靠近的小動作，但就在快到觸碰到我的身體時，又會躊躇不決地保持距離。這樣的事情不斷上演。

就像是沒有完全信任人類的野狗。

喂喂，別這樣啊。你這種態度，我豈不是放心不下嗎？

「……不要害怕，過來吧。魔像太郎。」

我溫柔地張開雙臂，笑著抱住魔像太郎。

堅硬的石頭身軀有點冰涼。

「你有點冰呢。夏天好像很適合抱抱魔像啊。」

我笑著說，魔像太郎的臉突然靠近。

「嗚喔，你這次突然把臉靠太近了。」

這傢伙與人保持距離感的技巧糟糕得令人想哭。感覺真的很像剛撿回家的野狗。

算了，那樣也挺可愛的。

而且像這樣擁抱後立刻想舔臉的舉動，果然魔像就是小狗啊。

關於我與愛犬（魔像）的親密接觸，就先放一旁吧。

這次發現的地圖，讓我下定決心逃離這座盆地。

反正繼續留在這裡也只會走投無路。食物吃完的當下就將死了。

而且去有人的村莊，一定可以獲得各式各樣的情報。看情況也有可能補給物資。

錢的話，我有。

那是魔像太郎破壞書房抽屜時，和地圖放在一起的一疊紙鈔和一些硬幣。

……只是，我不知道它們的價值。

隆倍．扎連是擁有社會地位的人，所以那些應該有一定金額吧。我如此相信著。

拜託了，一定要是那樣。

另外，關於這點，也有一個令人不安的事實。雖然那一疊紙鈔看起來很闊氣，但我看到上面有一行「賽爾威藩札」的文字。

我的翻譯能力精準度目前仍不明朗，但這個不是國家等級的貨幣吧？就我所知，藩札是江戶時代由各藩發行，地方獨自流通的紙幣。記得作為財政填補政策很容易泛濫。

那些紙幣看起來具有相當大的面額。實際上，扎連死亡與召喚我前來的這段期間，還存在著數年的時間延遲，那些紙幣也有可能變成廢紙了……

「算了，實際抵達村莊之後再來擔心錢的問題吧。」

我再次把視線從錢袋移到放在地板的地圖上。

離開目前位置的這座盆地後南下，應該立刻就會遇到東西向延伸的道路。看地圖感覺是一條大路，應該不會錯過。

順著那條路一直往西前進，就能抵達那個薩馬里村莊。

總之先把目標訂在那吧。

另外，前往薩馬里的路上，不會完全沒有東西。還有一處標記「聖堂」的地方。

從名字來看，應該是和某個宗教有關的設施吧？我打算先過去看看，但最終目的地還是薩馬里村莊。

不管怎麼說，我完全不知道有關那間聖堂的情報。老實說那間聖堂有可能和村莊不同，甚至不清楚是否有人類在管理。如果像是寺廟或教會等地方，願意保護身為難民（？）的我們，那就太好了。

無論如何，只要有這個。只要有地圖的話就能去。

由於之前過得茫然若失，因此能找到逃離這裡之後的行動目標實在很有幫助。

馬上來準備旅行的物品吧。

就算食品還非常充足，終究也有限度。也不清楚前往村落要花幾天時間。所以想趁著物資充裕時出發。

其實在我心中，已經有了穿越盆地周圍崖壁的妙計。

那就是之前的「碎石生成」。

製造出破壞周邊自然的十數公尺碎石……？那個新手用的禁忌廣域破壞咒語。

——把那個魔術對著崖壁使用。

至少那個魔術不像咒語「芝麻開門」會引發神祕的爆炸現象，不會讓周圍的砂石飛散。畢竟是只集中砂石，然後生成那個，碎石……？的魔術，所以這也是理所當然。

那麼把它用在崖壁上的話，身為術者的我被捲進崖壁崩塌的危險性應該是相當低。

再說這座盆地周邊的崖壁高度大約都在十公尺。另一方面，我用那個魔術製造的土球大小，確實有十幾公尺以上。

所以，我的**碎石**比崖壁更高。

雖然不清楚崖壁厚度，不過連續施展幾次「碎石生成」的話，照理說應該總有一天能夠貫穿崖壁。

魔術的射程，也就是能把生成座標指定在距離多遠的地方，不試試看就不會知道……

總之先從安全距離開始嘗試就好。

❖　❖　❖

之後我花了好幾天，準備出發用的東西。

首先是行李。我從地下食品庫慎重選擇了一些好像能長期保存的食品。還有毛巾和替換衣物。

我也想帶一些感覺能變賣或是以物易物的東西。雖說如此，但這個房子裡原本就沒什麼厲害的東西。能帶走的頂多是不要的書與衣服。

再來是飲用水，是否也準備一些比較好呢？

如果是這氣候，感覺途中應該也會有飲水站……

啊，對了。不能忘記攜帶《魔術入門》。我是熱衷學習的男人。

我把以上物品裝在用木頭與繩子組裝而成的巨大背籠裡。

順帶一提，這個背籠是我和魔像太郎的手工傑作。

製作這個相當費力。

包含收集材料，花了整整兩天。畢竟我沒有ＤＩＹ的經驗，意外的是，連無須教導就能完美料理家事的魔像太郎，好像也不知道背籠的做法。

不過我們兩個反覆陷入苦戰，最後成功製作出這個原始的背籠。

多虧如此，我和魔像太郎的羈絆又更加深了。

……是的。同心協力的工作，能加深男人之間的熱烈友情。

然後今天早上，我們終於離開房子。

身上的鞋子和衣服，都是從隱居處的衣服堆裡挑選出狀態良好的來穿。

由於幾乎沒有服裝尺寸的問題，所以穿起來的感覺不差。過長的部分等到了村莊後再將下襬稍微改短就好。

外衣和內褲穿起來的感覺都非常好。

老實說扎連的老舊內褲，當初穿的時候很抗拒。不過，體貼的魔像太郎似乎察覺我的困擾，拚命替我洗了好幾次。

有那份心意，我就覺得十分足夠了。

謝謝你，魔像太郎，我已經沒關係了，什麼問題都沒有。

因為這已經不是扎連的內褲了。你幫我洗過，所以是新的內褲。

隔天迎來祝福旅途平安的清新早晨，我在衣服外面披上一件新的長袍。

是一件充滿不必要高級奢華感的長袍。以前穿的已經隨著屍體埋葬了，所以這是從書房裡新拿的。
雖然是新的，但設計風格和以前那件幾乎相同。就像福爾摩斯斗篷那樣獨特的設計。濃焦褐色的厚重布料，配上美麗的金線刺繡。
如果硬要說出一種時髦的顏色來表示，那就是深褐色吧。對於只能使用土屬……土屬性專家的我來說，是非常適合的顏色。
當然我也不是計畫性地選擇這件。而是其他的選擇只有紅色，白色等非常浮誇的色調。一旦到了村莊，不知道會面對什麼樣的社會對待，所以沒必要引人注目。
總而言之，這是之後旅行期間照看我的制服。
請多指教啊，焦褐色長袍先生。
我看著身旁，魔像太郎也揹著手工背籠，準備齊全了。我現在如果單手拿書，簡直就像二宮魔像太郎像完工時威風的模樣。
主要的大型行李由魔像太郎揹著，我自己的手提行李不是那麼多。收納到儲藏室發現的小型布包裡的，以金錢等貴重物品為中心。錢和地圖，還有那把家事用，但萬一需要防身也可以使用的綠色金屬小刀。
順帶一提，我也塞了很多蔓越莓蘋果在布包裡。
你問我為什麼要這麼做？這不是廢話嗎？除了滿足自己的喜好，它也是屬於貴重物品的範疇啊。

然後最後塞進布包裡的——就是從地球帶過來的超土睡衣。

這個是不自覺就帶了，實在沒辦法丟棄……

「我看看……」

我站在崖壁前，稍微遠離牆面的地方。

花了充足的時間完成準備，也有逃離的手段。而且如今我身旁還有可靠的伙伴。

絕對可以成功。

我現在就用「碎石生成」擊穿這個紅色崖壁。

「……——好，魔像太郎。我們要準備前往牆外世界了！」

我看了一眼身旁的魔像太郎。

好，我要上了。

魔像太郎的雙臂，悄悄地溫柔抱起我。

也就是所謂的公主抱。

咦，嗯嗯？奇怪……？

魔像太郎抱住我的雙手，非常、非常溫柔。

就像對待精緻易碎的玻璃工藝品。宛如在輕柔撫摸碰到就會割傷的物品。

魔像太郎啊，原來你是我的騎士嗎……？

抱住我的魔像太郎，下半身似乎注入了力量。

然後下個瞬間，魔像太郎他——

——用公主抱抱著我，一口氣跳上十公尺的崖頂。

「等……啊，魔……像啊啊啊啊啊啊啊啊啊啊啊啊啊啊！」

純白魔像輕巧地安靜著地。

輕而易舉抵達崖頂。

…………

我拚命想出的逃離計畫到底算什麼？

順便說一下，雖然剛才我發出慘叫，但其實在後面「像啊啊啊啊啊啊啊」的時候，魔像太郎就已經無聲抵達崖頂了。

我閉著眼睛，所以連著陸都沒感覺。

沒辦法啊。因為很可怕耶。太突然了……我才不丟臉。是……是魔像太郎突然……！

魔像太郎溫柔地把我放下來。

我完全被當成公主對待了。

話說，魔像太郎啊，你真的很紳士耶。我如果是年輕女孩子，一定會愛上你。

我整理好心情，在崖頂上站穩腳步。

因為我才不是永遠需要騎士守護的少女。

一眼望去，平坦的崖頂綿延超過五十公尺。看來這座盆地的外牆非常厚實。

崖頂只有紅褐色的表土，其他什麼也沒有。

看來這裡沒有生長草木。簡單來說這裡就是包圍盆地的紅褐色甜甜圈上面嗎？到底是怎麼產生如此不可思議的地形的呢？

我們兩個並肩走在紅土之上，不久便來到崖頂的外側邊緣。

眼前一片遼闊，我眺望盆地周邊的景象。

但是。

「什麼……？」

我不敢相信自己的雙眼。

只有一片紅褐色的廣闊荒涼大地盡收眼底。
不全都是平地，還是有高低起伏。但是，看不見綠色植物。幾乎沒有草木生長。
這……這是什麼啊……？和盆地裡的植被差太多了。
雖說是盆地，但也只是高度十公尺的崖壁之內的狹小土地。
難道是盆地內外的土壤不一樣嗎？
不對，看這樣子，不如說是氣候──
「真的假的……搞不懂……」
地球的自然知識完全沒辦法通用。
難受想哭。
「不過，還是要先找到斜坡，讓我可以離開這裡……」
我開始觀察崖壁外側，尋找下去的地點，就在此時。
魔像太郎輕輕抱起我的身體。
……算了，就這樣吧。確實這樣比較快。
但是這狀態是怎麼回事。大概是魔像太郎為了不讓我在下降過程中滑出他的雙臂，才用下巴頂住我。就像摩擦臉頰一樣，我們緊接著彼此的臉。
魔像太郎的臉頰很光滑，還有些柔軟。

嗯？等一下。柔軟……？

隨後，魔像太郎跳下崖壁。

「唷喔喔喔喔喔喔喔喔喔喔——！」

我發出不堪入耳的慘叫，然後直接落到地面。

◈ ◈ ◈

「……聽好了，魔太啊，魔像太郎啊。下次如果再遇到相同情況，往下跳的時機要聽我的指示。在那之前要乖乖等著喔。」

我們從紅褐色山丘一路往南前進，同時對魔像太郎說明今後的注意事項。

魔像太郎看起來很老實地聽我發言。

呃，你真的懂我的意思嗎？

雖然對魔像太郎的態度抱持著些許不安，但這件事先放一邊吧。差不多快看見地圖上標示的道路了。

我東張西望，查看四周。

其實現在一邊走，同時內心有些興奮。

如果參考《魔術入門Ⅰ》裡零星的記述，在這個世界好像有稱為「魔獸」的生物存在。

雖然不是那麼常見，但這附近似乎是邊境，在抵達薩馬里村之前，或許有機會能從遠處目睹一隻。

我想牠們應該就是所謂的魔物。雖然終究只是憑藉著入門書裡的零星情報來推測。

蘊含魔力，大多使用等同於魔術，而且人類無法使用的技能。所以稱為「魔獸」。

不過，這世界的人類能夠使用魔術，所以其他生物能使用相似力量也不奇怪吧。

只不過……我只是舉例，如果能有一次消滅那些困擾人們的邪惡魔物的經驗，好像也不錯。

再怎麼說，我可是「魔導王」啊。說起魔王，就是魔物的首領吧。所以魔導王應該也類似魔獸的首領吧？

那麼打起來也不會輸吧？

順帶一提，我基本上是文明人，並非有勇無謀的類型，會思考這種事其實是有原因的。

其實入門書上寫著：「一般而言，魔像的戰鬥力，凌駕於普通魔獸之上。」

所以沒什麼大不了。如果感覺快受傷了，讓魔像太郎助戰即可。

而且，通常如果是極少出沒在村莊或道路的魔獸，用初級魔術就足夠擊退了。好像有寫類似的內容。

會出現在道路上的魔獸，大概是那個吧。軟ＱＱ的藍色黏液，或是頭上長角的兔子。也有可能是可愛的鴿子或綠色毛蟲，黃色發電鼠之類的，然後從草叢裡跳出來。

不過，認真說的話，我推測那些魔物是被趕出原本生物圈的弱小個體。雖然還有其他好幾個觀點，但還是不要妄下定論吧。因為我對地球的自然知識逐漸失去自信了……

但是就結果而言，我在這個世界初次遭遇的魔獸——不，正確來說，我甚至不知道那是不是「魔獸」——即使是藍色軟ＱＱ的魔物，也沒有比野生動物大上一倍。

此時的我尚未察覺到，我在這個世界的處境有多麼嚴峻。

魔像太郎突然停下腳步，卸下背籠。

然後立刻擋在我的斜前方。

雖是流暢自然的動作，但對我來說充滿無法忽視的不協調感。

因為平常的魔像太郎，總是跟隨在我的斜後方。也喜歡與我並肩走，或者在後退半步的位置。根據情況不同，位置會稍有變化，但絕對不會走在我前方。

可是如今，為什麼在前方……？

我抱持著疑問，與此同時。

一道身影從前方的紅褐色岩石陰影中，彷彿滲透出來似的現形。

好黑。

一個雙腳站立的人形，充滿異樣的黑色物體。

【……哦，發現了嗎？是表土探敵……不，是複合型的探敵嗎？你的魔像還真是高性能呢。明明外表只像是農業用的呀。】

什麼？剛才聽到的，是那黑色傢伙的聲音嗎？

而且那傢伙好巨大。身高大概超過兩公尺半。

身高一．九公尺的魔像太郎，竟然看起來比他矮小。

【這也難怪。再怎麼弱，好歹也是魔導王的從屬啊。】

那個發出聲響的黑色物體，簡直就是惡魔。

異常發達的肌肉，如同岩石一般隆起的體型。我以為那道剪影是彪形大漢的戰士，看來骨骼和人類有些不同。

純黑的體色與雪白的魔像太郎對峙，形成強烈對比。

但是，這謎樣的惡魔般生物與魔像太郎不同，應該是**生物**。

炯炯欲動的血紅色雙眼。

從血盆大口發出野獸的呼息。

隨著強力心跳脈動的皮膚。

壓倒性的存在感，我完全沒辦法思考他說的話。

只是，他年輕的聲音與粗獷外表，莫名地令人印象深刻。

我在這時有了某種確信。

這個生物，並非轉生至異世界之人初次戰鬥的等級１魔物。

感覺……那個，像魔王……他的力量，至少絕對是遊戲進入中期才會出現的魔王級別。

【等了好長一段時間啊。稍微──】

瞧不起人的「呵呵」嗤笑聲在耳邊縈繞。

他的音色很像才剛變聲的青春期少年。

【──讓我盡興吧，我所期待之人啊。】

緊接著。

猛烈的殺氣迎面而來。

之後回想起來，那傢伙在這瞬間或許不是真心想殺掉我。他的行為，就像吃飽的貓玩弄弱小老鼠後才殺掉一樣。

但我是現代日本人，而且基本上是愛好和平的文明人，沒有體驗過習慣戰鬥的生物所釋放出的殺氣。

這是出生之後的第一次。

「嗚……！」

我的身體僵硬，不自覺發出呻吟。

我想這道呻吟或許是誘因（Trigger）。

——魔像太郎站在我的面前。

發怒。

他的樣子，就像剛結束冬眠的母熊為了保護小熊，憤怒地襲擊登山客一樣。

魔像太郎啊，原來你是我的母親嗎……？

【哼。我就特別告訴剛誕生又無知的你，我的這個影魔是物理戰鬥特化的魔導生命體。已經分析過你的魔像，而且又是那種弱小的輕型魔像，不出十秒——】

對手的嘲諷結束前，魔像太郎已經向前彈射而出。

在這瞬間，戰火已點燃。

完全被對方壓制的我，感覺黑色惡魔就站在附近。但其實戰鬥開始時，兩者的距離將近十公尺遠。

不過，如同巨大砲彈一般直奔向前的純白魔像，一口氣逼近準備迎擊的黑色巨體——

大概再一步……不，看起來只要再踏出半步。

實在太快了。

黑色惡魔睜開雙眼，嘴巴微張。

但是最後，他永遠說不出即將發出的那句話。

魔像太郎揮出的右臂，還有他的背脊與全身。

在我眼裡，就如同長鞭一樣。

實在看不出來那是石製人偶的動作。

使勁揮舞的一擊白岩之拳。

憑藉那一擊就準確命中黑色怪物的臉。

緊接著，可憐的惡魔頭部彷彿受到重型砲彈轟炸——

化為一團血肉，粉碎爆裂。

從脖子以上消失的黑色肉塊，就像彈力球一樣噴飛到後方。

衝撞到岩石表面後發出駭人聲響，然後滑落地面。

附近一帶寂靜無聲。

魔像太郎全身沐浴在濺出的暗紅血液之中，然後轉頭看我。
不知道為什麼，我看到他的樣子就想到——沉醉在血和殺戮之中，長髮魔女的笑臉。
「那……那個……」
這種情況下裁判該做的是……
啊，對了。是確認是否死亡。
我戰戰兢兢地走向橫躺在地的黑色肉塊。
沾滿血花的魔像太郎像小雞一樣跟在我身後。

我觀察失去黑色頭部的屍體。
撿起一根樹枝，試著戳動它。
沒動。
果然已經沒有生命氣息。

「死……死透了……」
就這樣，我在異世界的初次戰役，沒有動任何一根手指，只花了〇・八秒就結束了。

第9話　猴子與流星雨

風迎面吹來。

紅褐色的大地上，有著連綿不斷的矮丘。

還是老樣子，除了枯萎的灌木之外幾乎草木不生。

我與魔像太郎來到橫亙東西的一條大道上，為了尋找村落，開始沿著道路往西走。

不過話說回來，這條路好寬啊……我想應該是專供大型馬車等交通工具通行的公路，看來也許這個世界的交通意外發達。

只是雖有道路，一路上卻沒碰到過半個人。

碰上那個黑色惡魔後，我們沒多久就找到了這條道路。

看來那傢伙似乎是在路旁嚴陣以待，等著我們上門。

惡魔的無頭屍體，後來隨即一邊放出黑色粒子一邊逐漸崩毀，最後融化變成了液體。

雖然以生物來說不可能有這種現象，不過這時我頭一個聯想到的，是一開始生成的那些魔像逐漸崩解的模樣。

那個黑色惡魔，說不定也是用魔術生成出來的？

記得入門書上應該沒有寫到製作惡魔的魔術。不過畢竟那只是入門書，而且我只看了整體魔術概論與解說土系入門魔術的那兩本。

另外，噴濺在魔像太郎身上的黑色血花，也在不知不覺間好像蒸發一般消失了。

可是那個黑色惡魔，搞不好身上有很多細菌。

因此我拿了一塊溼布，仔細認真地幫魔像太郎把全身上下擦乾淨。

附帶一提，我裝滿了一整個陶甕的水並蓋上蓋子，放在魔像太郎的背籠裡帶著，因此水完全夠用。應該說我覺得最占空間的就是這個水甕。換作是平常的話這種隨便亂擺的搬運方式是絕對行不通的，然而魔像太郎的超常蠻力與超乎理解的平衡感卻能夠化不可能為可能，揹起背籠簡直像沒裝課本的小學生書包一樣簡單輕鬆。

魔像太郎似乎非常喜歡我幫他擦身體。

這傢伙雖然從沒有半點任性要求，但講到擦身體這件事，卻會以內斂的方式做出明確的自我主張。每當我一個人洗涼水澡時，這傢伙總是會拿著自己專用的擦澡布過來；當我另外有事而拖延到洗澡時間時，他還會輕拉幾下我的衣袖。

所以我後來決定，每天都要用布把魔像太郎光滑純白的機身擦過一遍。

這點小事不足掛齒。因為平常事事都是魔像太郎在照顧我。
不如說假如要當成勞動的正當報酬，我可能每天得替這傢伙擦一百遍身體才行。最喜歡的事情竟然是擦身體，這不過是一點可愛的小要求罷了。
這讓我想到，好像也有很多狗喜歡梳毛……

對了。
講到狗讓我想起來，這個世界有**猴子**。
走在道路上，時不時會在懸崖上或岩山斜坡，看到牠們的蹤跡。
體型大概跟日本獼猴差不多大吧。
是一群褐色的猴子。雖說猴子大多都是褐色的，不過用來形容牠們，意思有點不同。
這些猴子的體表皮膚看起來……似乎硬化成了褐色。
簡直就像往身上貼了一堆石頭。
起初我遠遠看過去還嚇了一大跳，以為猴子身上長了鱗片。
等到就近一看才發現原來只是表皮角質化了，於是我恍然大悟地想「大概是這個世界特有的猿猴種類吧」，這才鬆了一口氣。
我基本上是個重視常識的人，所以就算來到了異世界，看到猴子身上長了鱗片還是會嚇到。

擁有岩石身體的猴子？哼哼，哪有可能。

我剛才提到過藍色果凍狀的魔物，不過那當然是開個小玩笑罷了。假如真的有團黏菌移動得像脊椎動物那麼快襲擊而來，人在現場的我重視常識的大腦很可能會拒絕理解狀況，開始在腦內播出古典樂與美麗的湖畔影像。

魔術也是，是因為一開始我意外地實際使用過，才會那麼容易就相信。假如不是那種狀況，我不知道自己現在會是怎樣。話雖如此，起初那個發黑爆開的門或書本封面究竟是用了何種魔術，我到現在還沒搞懂就是了。

「……嗯？」

一回神才發現，一隻異世界猴子走到了我身邊來。

啊，牠該不會是很親近人類吧？

可是抱歉了。我是有知識水準的文明人，所以是絕對不會餵食野生動物的。

因為那樣做無論是對你，還是對當地居民來說，都不會有好結果。

不過，我並不討厭這些猴兄猴弟。

這些傢伙皮膚凹凹凸凸的，有些人看了可能會覺得噁心。但我從不會用外表的美醜去歧視生物。

願意親近人類的動物，總是很討人喜歡。

「呵呵。這傢伙真可愛！」

我面露溫柔的笑容，一講出這句話的瞬間——

魔像太郎閃光般的一腳，狠狠重擊了猴子的軀幹。

猴子像顆足球般被踢飛後，猛烈撞上了附近懸崖的岩壁。

「咦！等……魔……咦咦咦咦咦！」

猴子整隻陷進懸崖岩壁，軀幹撞個稀巴爛，脖子與手腳都彎向奇怪的方向。

死……死透了……

「你……魔像太……你，我說你……」

你怎麼這樣啊！

我淚眼汪汪地想抗議，但就在這時，我發現周圍的狀況不對勁。

——不知怎地，周圍有好多猴子。

這裡也有，那裡也有。路旁的斜坡、前進方向的路上，甚至是後方的來時路，都被大量的猴子淹沒了。

什麼時候被包圍的？

不，等一下。現在回想起來，之前一路上在岩石背後或懸崖上，不時於視野中閃現的猴子數量，似乎早就隨著時間經過而越變越多。而且換個角度想，就會覺得牠們是在跟我們往同一個方向移動。

難道說，從一開始就是這個打算？

這些猴子是一面遠遠地包圍我們，一面慢慢增加數量，以地形做掩蔽，一直都在跟我們走同一個方向？

究竟是為了什麼？還能為什麼，恐怕是為了——

我咕嘟一聲，吞了吞口水。

魔像太郎剛才一把猴子踢飛，就立刻移動到了我的斜前方。

然後，已經把背籠放到了地上。

「魔像太郎，你打算跟牠們打嗎……」

我一如此低語的瞬間，猴群中的一隻猝不及防地撲了過來。

猴子一邊發出怪叫，一邊猙獰地張牙舞爪迫近而來。

但魔像太郎只一個巴掌，就把牠打落在地。

遭人用恐怖力道打落地表的猴子，當場血肉模糊而死。

猴子的屍體陷進地面，再也無法發出叫聲。

白色魔像悠然佇立。

緊接著，憤怒發狂的猴群前仆後繼，襲向魔像太郎與我。

開戰的狼煙，就在此刻點燃。

魔像太郎憑藉著駭人的氣勢，把猴子一隻隻掃倒。

白色拳頭每次呼嘯揮出，就有猴子的屍體飛上半空。

他那鬼戮神誅般的戰鬥氣勢，讓人感覺不到分毫的慈悲。特別是往我這邊來襲的個體，魔像太郎更是毫不留情，用帶有報復意味的明顯狠戾手法，殘酷地將牠們趕盡殺絕。嗚噁，好想吐……

話雖如此，我該怎麼做呢？

老實說我不認為魔像太郎會輸給一群猴子，但我是不是也該出手相助？

一輩子活到現在基本上都秉持著文明人態度的我，沒有能用拳頭揍死野生猿猴的猩猩蠻力。

既然這樣，或許該用魔術？

我目前能使用的魔術有「碎石生成」與「魔像生成」。

「魔像生成」從任何方面來想都不值得考慮。而且那種魔術有風險，一個弄不好連我自己都會昏死過去，性命垂危。

既然這樣，那麼「碎石生成」呢？使用那種魔術，應該可以生成出十幾公尺級的巨岩。

如果能在敵群正中央製造出那麼大的岩石，或許的確有效。說不定能對敵人的包圍打出一個缺口。

但是那招的生成動作實在太大了。當時魔力的奔流與漫天飛舞的細碎砂石，完全遮住了前方的視野。如果在目前這種狀況下引發那種現象，會大幅增加敵方偷襲的風險，無法保證不會扯魔像太郎的後腿。

而且最重要的是那種魔術有個致命性缺點，就是從發動到生成結束的時間差。感覺那時候好像花了滿長的時間。恐怕巨石還沒生成完畢，大多數的猴子都已經逃開了。

那種魔術，很明顯不適合用來戰鬥。

咦？所以，我一點忙都幫不上……？

再這樣下去，我豈不是完全成了魔像太郎的小白臉……

被迫面對殘酷無情的現實，我絕望了。

在這樣的我身邊，魔像太郎如旋風般繞行奔馳，接連不斷地把衝殺而來的猴子打退揍飛。

我現在才發現，由於魔像太郎以保護我為優先到了有點過頭的地步，因此像這樣前後被大量敵人完全包圍時，會流於被動。隨時出現在我背後的敵人讓他一再分心，不敢離我太遠，所以無法殺進敵群的中心。

話雖如此，魔像太郎與每隻猴子的實力，仍有著天壤之別。

不只如此，魔像太郎暴打群猴這麼久，身手竟不見半點遲鈍。

周圍的猴群尖聲嘎嘎亂叫。看來慢慢堆積如山的同類死屍，開始讓牠們煩躁不耐了。

不過這些猴子，都已經死了這麼多同伴，竟然還完全無意撤退……

異世界的猴子真是教人驚駭。

是脾氣本來就比較暴躁？還是說，牠們就這麼有自信能要我們的命？

就在我開始心生疑問時，可能是不耐煩了，群體後方一隻整整大上一圈的猴子，發出了粗野的咆哮。

蘊藏怒氣的野獸吼叫，響徹紅土荒野的懸崖之間。

我視線轉去一看，正好與那大猴子的目光對上。

那畜生表情一歪，看起來簡直像是在笑。

緊接著，猴子們有了動作。彷彿以猴老大的咆哮作為信號，包圍我們的猴群，開始一齊舉起雙臂朝向天空。

那真是個不尋常的光景。所有猴子的腳邊，開始飄起狼煙般的細碎砂石。每一條褐色的帶狀碎土，都論不上有多粗。但是當數量如此龐大時，看起來簡直就像一座逆流的巨大飛瀑。

怎麼回事？我有種非常不好的預感。

當細碎砂石全上升到了最高點時，聯繫地表與天空的紅褐色飛瀑，忽地消失了。

只見高空中，生出了無數的石塊。

那不是碎石生成會有的大小。每一塊石頭都有橄欖球那麼大。

根本就是大量的岩石砲彈。

只要有一發直接擊中我的頭頂，肯定會使我當場腦漿四溢而死。

無以計數的成群石塊，就像在空中形成了一座圓頂。而這些石塊即將對準我們，一口氣全數飛落而來。

我呆站原地，茫然自失地脫口說道：

「……慘了。這下死定了。」

似乎就連魔像太郎也未曾料到敵人會使出如此恐怖的飽和攻擊。他那抬頭仰望上空的動作當中，有著顯而易見的動搖。

魔像太郎焦急地轉向我這邊。

然後下個瞬間，我的視野為一片雪白所籠罩。

是魔像太郎十萬火急地，用身軀蓋住了我。

不知為何只有短短一瞬間，我的鼻孔彷彿嗅到了女孩子的輕柔體香。

這傢伙……難道想當我的肉盾？

他頂得住嗎？

我不知道魔像太郎有多耐打。

不，我看就連魔像太郎本人，也還沒弄清楚自己的耐久性吧？這傢伙至今的戰鬥方式，總是憑藉著異常的蠻力與速度，先下手為強讓敵人無法還手。我到現在還沒看過哪個敵人遭受到先發制人的第一擊之後還能苟延殘喘，當然魔像太郎本身也沒有任何遭受反擊的經驗。

而且，至少我不記得有將這傢伙的素體強度提升到教科書以上的水準。

——不妙。我的伙伴可能會死。

伴隨一種焦灼感，我的額頭部位隱隱作痛。

突如其來地，被雨淋溼的柏油路與血腥味重回腦海。

不知為何，我看見了一隻躺在馬路上的白狗。

我急忙抱起牠，眼睜睜看著牠的身體越來越冰冷。

那傢伙，那時候，為什麼要挺身保護我——

不要。我不想再讓伙伴死了。
在朦朧模糊的記憶與衝動推動下，我拚命採取了行動。
我從我身上的魔像太郎身體縫隙間，看著開始灑落的瓦礫豪雨，掙扎著伸手朝向它們。
然後，扯開喉嚨撕心裂肺地吼叫了。
叫得十分窩囊。
但對我而言，卻是拚死命的祈禱。

「——『住手，拜託等一下』！」

寂靜籠罩了附近一帶。
無論過了多久，石頭就是沒灑落下來。
猴群帶著啞然無言的表情，仰望天空。
因為空中原本開始降落的所有石頭，都霎時停住了動作。
簡直就像時間暫停了一樣。
仔細一瞧，本來與紅褐大地同色的無數石塊，一個不剩地全「變色」得黑漆漆的。

「奇……奇怪？這怎麼回事……？」

我從緊抓住我的魔像太郎手臂之間，露出臉來仰望天空。

順便一提，我的臉一下就露出來了。因為魔像太郎抱我抱得很溫柔，對我的動作毫無抵抗。假如他抱我抱得更用力，憑我的力氣是分毫也動不了的。

可是這種現象，究竟是怎麼回事？

我一面偏頭不解，一面試著輕輕擺動幾下自己朝向天空的掌心。

只見空中所有的黑石，簡直就像紀律嚴明的軍隊一樣，配合我的手部動作輕快地擺動。

「啊，看來好像可以隨我操縱喔……」

接著，我將視線拉回地表。

將我們團團包圍的猴群，已經沒在看天空了。

所有猴子臉孔都朝向我，凍結般地瞪大雙眼。

牠們的表情，染上了恐懼與絕望之色。

「……總之，這些小石頭就還給你們吧。」

漂浮於高空，數量駭人的深黑石彈，開始往呆站原地的猴群頭上一齊灑落。

那景象可謂黑色流星雨。

漆黑隕石接二連三地直接擊中猴子的頭頂。石彈打碎猴子頭蓋骨後順勢貫穿、破壞牠們的軀幹，最後狠狠撞上地表。

連續撞擊的猛烈衝擊力道，使得大地宛如恐懼顫抖般搖晃。

轟然巨響、臨死前的淒厲慘叫與無數的沉重爆炸聲重疊。骨頭碎裂與液體潑灑的聲響有好一段時間不絕於耳。

當四下再次恢復寧靜時，所有身影盡皆歸於死寂。

猴群全軍覆滅了。

第10話

夜空與求婚

一臉洋洋得意的猴子們，將雙手舉向天際。

大如橄欖球的褐色石彈，在高空中成形。

狀況十分危急。不過，不用擔心。

哎，看著就對了。

首先抓準時機，往對象的方向……換言之就是猴子的魔術，舉起右臂。

其實正確來說並不是非得舉手不可，但這樣做比較容易集中精神，感覺似乎能稍稍提升出招的精確度。

接著，對準敵人的魔術，在心中稍微客氣拜託一下。

——別理那些猴子，不如答應我的請求好嗎？這樣。

我是覺得大概隨便用命令語氣下指示也會成功，但我身為文明人，有著不能妥協的最低限尊嚴。所以我都會用禮貌的態度，真心請求對方的魔術聽我的話。

好，最後是號令。

這個號令，將成為招式的最終觸發條件。

我想，這可能相當於魔術的「詠唱」動作。

至於號令的語句，似乎說什麼都行。例如以前曾經用過的「芝麻開門」，或是「我變我變我變變變」也可以。

這次要講什麼好呢？我想想……

「『看招，你們這些野猴子』！」

土色的成堆石彈，在眾目睽睽之下逐漸變成黑色。

變色結束後，就支配成功了。敵方魔術的控制權，已經落入我的手裡。

……不過，每次都隨便亂講號令實在不太好。

畢竟這可是我唯一的必殺技。這幾天得想個帥氣的招式名稱才行。

總而言之……

「哼哈哈哈！你們這些野蠻的猴子！好好見識一下靈長類真正霸者的力量吧！」

一堆深黑色橄欖球到處咻咻飛舞，開始追著猴子跑。

猴子們驚慌失措，一邊害怕地慘叫一邊抱頭鼠竄，最後跑得四分五裂，消失在懸崖的另一邊。

活該。

啊，有一隻墜崖了。

從遭到大量猴群包圍，險些遭受到飽和攻擊的那場戰鬥以來，大約過了半天。

跟猴群交手過幾次後，我已經完全掌握了這招的竅門。

這招太強了。只要能搶到敵方魔術的控制權，再來就隨便我了。

敵人的魔術，簡直像自己的手腳般能夠操縱自如。

以前我把大岩扉變黑後撬開，又把石製書的鎖具變黑炸開，很可能都是這招造成的。

只是可想而知，這招必須等敵人對我們使用了魔術才能發動。因此美中不足之處，就是在戰鬥中完全成了專守防衛的能力。

若是遇上不用魔術直接揍人的武鬥派猴子，我等於手無縛雞之力。

我們這支隊伍還是老樣子，普通攻擊只能靠魔像太郎的拳腳。

「不過話說回來，一旦魔術的控制權被奪走，那些魔獸好像就無心戀戰了呢……」

看到自己做出的石彈開始變色時，那些猴子的表情只能用悲壯來形容。就是那種一下子失去所有自己最信賴的事物時會有的絕望表情。

那種表情，究竟該如何形容呢？嗯——

啊，我想到了。那種表情簡直就像長年相守的老婆，被水管工**睡走**了一樣——

「……好，我決定了。」

我轉向魔像太郎。

然後，笑容滿面地告訴他：

「這招必殺技的名稱，就叫作『ＮＴＲ』！」

怎麼樣，魔像……嗚哇，臉好近！

呃，嗯。感覺好像魔像太郎也在稱讚我的命名品味呢。

不過這傢伙是個好人，我想就算有個平行世界的我命名品味差到沒救，他也不會棄我於不顧。

就這樣，我學會了第一招必殺技「ＮＴＲ」，不過我用這招與猴子打過的戰鬥，其實就屬最早的第一戰規模最大。

後來的戰鬥都零零散散的。剛才我趕跑的集團，也不過就二十來隻。

這是因為魔像太郎似乎對猴子的四面包圍提高了戒心，一看到哪裡有猴子就立刻撲滅。

不管牠們躲在岩石後面，還是藏在懸崖背面完全看不見的死角，都即刻揪出來活活打死。

超強的。下手之狠簡直就像在廚房發現害蟲的家庭主婦。

老實講，由於我使用「ＮＴＲ」時整個人實在太開心，魔像太郎這傢伙偶爾還會挑數量不構成威脅的群體，故意讓牠們逃過自己的謎樣雷達。

魔像太郎啊，你也未免太貼心，太有紳士風度了吧……

不過話說回來，這傢伙明明有這麼強大的感應能力，之前那時候，怎麼會白白讓猴子包圍我們呢？

是因為個體戰鬥力跟自己相差太大，所以大意了嗎？

……不。不如說魔像太郎一開始可能沒把猴子判斷為敵人？

仔細想想，我當時遠遠看著猴子，好像還優哉游哉地對魔像太郎解說了一番地球上的猿猴知識。

難道說，是我那種缺乏警覺性的態度造成的？原來全都是我不好？

可是，假如是這樣的話，那麼魔像太郎是從何時開始把猴子視為敵人？

我不認為這個世界的魔獸只有猴子一種，今後很可能還會遇到各種危險。對魔像太郎的危機意識做個了解，應該有助於思考今後的防備措施。

最重要的是，我總覺得上次的戰端，是魔像太郎主動挑起的。

當時，究竟是什麼樣的狀況？

我陷入沉思，無意間想起了一件事。

對了。我記得魔像太郎在第一次攻擊之前，我才剛說過猴子「可愛」——

突然間，爆炸聲轟然響起。

躲在岩石後面的一隻大猴子被魔像太郎踢飛，陷進赤紅岩壁裡，一命嗚呼。

呃，我剛才講到哪裡？

喔對，是大猴子。其實我早就覺得奇怪了。

我總覺得沿著道路越是往西走，猴子的體格好像也稍微跟著變大。

最早遇到的群體，大小就跟日本獼猴差不多。但現在每隻個體的平均體格，都變得有那個群體的猴老大那麼大。

即使如此，猴子與魔像太郎的戰鬥力，還是有螞蟻與大象那麼大的差距就是了。

而且事實是走了半天以上，還沒遇到過任何一個人。

滿路都是魔獸。

我一面懷抱著些許不安，一面沿著日落黃昏的道路往西方前進。

我躺在夜空下，尚未進入夢鄉。
原本已經睡著了，但又醒來了。

❖ ❖ ❖

「好……好冷……」
刺入骨髓的寒冷空氣，讓我渾身發抖，牙關格格打顫。
在月光照亮下，呼出的氣息都是白的。
沒想到入夜之後，氣溫會降低這麼多。這完全是內陸型的氣候。
那個盆地裡的溫暖氣候，難道都是假的嗎？
這樣一比，就好像只有那裡是另一個世界。
氣候落差這麼大，唯一能想到的可能性，就是隆倍·扎連留下的記述。
記得那傢伙似乎寫到過，盆地內外不只有地形區隔，還設下了結界。
就是那個？就是那個造成的嗎？
結界魔術有這麼厲害？原本還以為就跟神社的結界差不多呢……

火堆有魔像太郎幫忙看著，從來不曾熄滅。

但看樣子這種寒冷天氣，不是只靠火堆跟一條薄毛毯就能抵禦的。冷空氣與呼呼地吹的寒風，毫不留情地奪走我的體溫。

我這才想到，大約從太陽快下山時，猴子的襲擊就忽然中斷了。

那些畜生一定是知道會這樣。所以那些猴子現在一定是窩在溫暖的巢穴裡舒舒服服地避寒吧。可惡啊……！

在名為現代日本的溫室出生長大的我，基本上並不習慣對抗大自然的天威。

這下糟了。非常糟糕。我到目前為止所訂的行動計畫，其實有很大一部分都是以盆地內的氣候為前提。

這下該怎麼辦……

就在我不知該如何是好時，魔像太郎坐到我的面前。

他拘謹地張開雙臂。

簡直就像在請我坐到他腿上一樣。

「你……你願意替我擋風嗎，魔像太郎……？」

真不好意思，謝謝你，魔像太郎。真想哭，我覺得自己好沒用。

以前有位偉人說過：
——飢寒交迫，會讓人心志軟弱。
心志已軟弱到極點的我，慢慢坐到了魔像太郎的腿上。
好柔軟。像矽膠一樣。
已經無可懷疑了。這傢伙能夠自行調整體表的硬度。
之所以這麼做都是出於關心，怕傷害到弱小的我。
啊，我又開始想哭了……
「應該說，魔太啊。你的身體怎麼這麼溫暖……？」
不知為何，從魔像太郎身上可以感受到柔和的體溫。
真的假的？到底是怎麼辦到的？
不行了。無能無才又蒙昧無知的我，完全不懂這是什麼原理……

❖❖❖

後來，大約過了半小時。
在魔像太郎溫暖、柔軟的臂彎與毛毯的擁抱下，我啃著用火堆稍微烤過的肉乾，看著夜晚的天空。

這個肉乾加的似乎不是鹽，而是辛香料。

稍微烤熱一下，吃起來又香又美味。大概是高級品吧。

頭頂上方，是一片遼闊大海般的深藍色天空。

夜空中飄浮的兩輪明月美得令人讚嘆，讓我重新體認到這裡的確是異世界。

不，等一下。搞不好月亮其實不只兩個。

因為月亮其實說穿了，就是這個行星周圍的衛星。說不定其他還有三四個月亮。等一下，我懂了，也就是說如果換個情形……

我輕輕搖了搖頭。

……不了，還是別再自作聰明地炫耀自己的見解了吧。

我已經漸漸對自己的大自然知識失去了自信。說得明白點，幾乎已經是一戳即破。

嗯，沒錯。那個一定是魔法變出來的月亮。

假如有個仙人擊出氣功波，搞不好會炸飛不見呢。

「唉……」

我嘆了口白色的氣息。

回想起來，這是我第二次像這樣眺望這世界的深夜天空。

其實說起來，我只有在受到召喚的那一天，有在夜間行動過。

這個世界沒有照明燈具。不，這樣說不對。正確來說，我想那個隱居處應該也有大岩扉洞穴內那種照明裝置，只是我不會用而已。

所以每天太陽一下山，我就早早上床睡覺。

還有一點讓我非常不適應，就是完全找不到生火相關的器具。我猜大概是原本的屋主扎連會使用火屬性魔術吧。

順便提一下，我家的魔像太郎超會生火。

沒錯。土屬性魔術就在這個瞬間，戰勝了火屬性魔術。

我們這對搭檔……不，甚至可以說這整個世界，都再也不需要火屬性魔術了。完全成了舊時代的遺物。光從這點而論，我生成魔像太郎這件事就具有歷史性的意義。

憑著魔像太郎的力氣與巧手，點火不過是小事一樁。

什麼事都靠他了。我實在虧欠魔像太郎太多了。

在我眼前，紅色火焰嗶嗶剝剝地爆出火星。

魔像太郎抱著我，慢慢替火堆添樹枝。

這讓我想起，盆地外頭就如同我們所看到的是一片貧瘠的荒野，但不知為何有很多枯樹。所以就像這樣，不愁沒木柴可用。

經過的一些地方還密集聳立著有點高度的枯樹，讓人懷疑以前是否曾是一片樹林或森林。

這附近一帶也許在不久之前，還是適於樹木生長的氣候。

如果是的話，現在怎麼會變成這樣呢？

想著想著，我開始昏昏沉沉地打起瞌睡。

這裡很溫暖，現在肚子又很飽，感覺好舒服。

魔像太郎的臂彎，給我一種難以形容的安心感。這究竟是什麼感覺？

……喔，我知道了。就跟寒冬的羽毛被窩很像。

魔像太郎啊，原來你是我的被窩……？

隨著睡魔悄然逼近，我的意識漸漸變得模糊。在這當中，我漫不經心地想：

多虧有魔像太郎，給我這樣的溫暖，我才能安心入眠。

我得跟這傢伙道謝才行。

我基本上是個文明人，而且擁有日本人平均水準的美德。

日本平均水準的文明人，在對溫暖被窩表達最大程度的感謝時，都會這麼說：

「我決定了，我要跟魔像太郎結婚……」

沒錯，就是跟被窩求婚。

一瞬間，魔像太郎抱住我的手臂，似乎加重了點力道。

但是這時候，我的意識早已融化，落入了深沉的酣眠之中。

第11話

蠻妃覺醒

話說回來，我記得我以前曾經說過，天底下沒有岩石身體的猴子。

……抱歉，那是騙人的。

當然，我指的是棲息於這條道路兩旁的那些猴子。

多虧我家的魔像太郎冷酷無情地大開殺戒，使得這一路旅途中，我有得是機會可以檢驗牠們的遺體。

這些猴子嚴格來講，並非全身都由岩石所構成。牠們有內臟與骨骼，從肉體的內部構造來說，很可能就跟一般的靈長類無異。

然而覆蓋體表的硬質部分，講得明白點，怎麼看都是岩石。

這些猴子能夠用土魔術生成石頭。所以，我本來以為牠們是用魔術做出石頭貼滿全身，然後以魔力維持此種狀態。然而此一假設，卻無法駁倒我腦中的「猴子死亡後魔力應該會完全失去供給，那屍體的石頭怎麼沒崩毀！」這項反論。

唉，我投降了。是岩石猴子沒錯……

我的常識已經被擊垮到體無完膚的地步。

再說，其實猴子使用的魔術還有其他不解之謎。

正如大家所知，猴子能夠操縱疑似以土魔術生成的石彈，東飛西竄地攻擊敵人。而且我很確定，石頭本身也是在空中生成的。

這本來應該是辦不到的。

由於我也用「ＮＴＲ」跟猴子一起把石頭當成遙控飛機東飛西繞，所以一時沒發現，其實土屬性魔術是沒有這種能耐的。

假如能發揮這種即時性強力大砲的功用，土屬性魔術哪裡會被當成廢渣魔術。

正是因為土屬性魔術只能在地面指定座標製作小石頭，做完就沒了，而且一疏忽就會碎掉，所以才會是垃圾屬性。

土屬性或冰屬性之類生成具備質量有形物體的屬性魔術，之所以被認為不適合用於戰鬥，理由就在這裡。即使如此，冰屬性好歹還能將生成座標指定於空氣之中，利用高低差進行質量攻擊，因此據說在特定狀況下反而很強，但是真要說的話直接把四面八方冰凍起來就夠厲害了，日常生活中也有很多方便的用途。冰屬性跟只能做出沒用小石頭的土屬性相比，從根本上就不一樣。

……自己說著說著都覺得難過了，就別再提了吧。

哎，總之那種猴子包括外觀在內，還有很多謎團。

話說回來，我之所以想起這件事情，是有原因的。

從剛才到現在，沒看到半隻猴子。

正確來說，其實是有個兩三隻，但都已經死了。沿路零散躺著幾具猴子的死屍。

並不是我家的魔像太郎下的手。

大部分的死屍都早已化為白骨。骨頭周圍堆積著原本可能覆蓋過體表的岩石，形成異樣的光景。

我站在道路旁堆起的幾具猴子死屍面前。

這附近一帶的猴子，體型已經變得相當龐大。從體格來說，都可以勉強充當大猩猩的同類了。只不過在魔像太郎的面前，當然都是公平地一擊斃命。

我細細觀察倒臥在地的死屍。

才剛受到召喚就跟嚇人的白骨屍體發生過多次邂逅的我，對白骨屍體已漸漸培養出了謎樣的抵抗力。

「這恐怕是，頸椎……被砍斷了。」

簡而言之，這些猴子是被斬首，當場死亡。

連同可能位於脖子周圍的體表岩石一起，遭人一擊砍掉腦袋。我稍微檢查了一下周圍堆積的岩石外殼，沒看出除此之外的外傷。

我家的魔像太郎從來都只用揍死一招，所以這種奪命方式看了還挺俐落新鮮的。

至於魔像太郎，則從我肩膀後方探頭探腦地湊過來看。

之前被地下的白骨屍體嚇成那樣，現在卻好像沒事似的。也許這傢伙也跟我一樣培養出了抗性。

魔像太郎用跟我臉貼臉的姿勢，看著猴子的骷髏。

呵呵，是不是很好奇啊，魔像太郎？我跟你說，哺乳類的頸椎有七節喔。

嗯？等一下，是七節對吧？這隻猴子看起來是有七節沒錯。

記得不是很清楚。我看還是別像平常那樣，一副跩樣跟魔像太郎秀知識好了。

這傢伙是個勤學的學生，所以我總是忍不住就解說起來了。

不對不對不對！現在不是說這個的時候。

不管怎麼看，這情況都不對勁吧。猴子都被砍頭了。

「對了，記得這附近離地圖上的『聖堂』已經很近了……」

沒錯，地圖上那座名叫「聖堂」的設施，應該已經近在眼前了。

再加上地圖的比例尺比我原本想像的大了一點。因此只要經過聖堂，我們要前往的村落

「薩馬里」想必也就不遠了。

照常理來想，這些猴子也很可能是聖堂或薩馬里的相關人士動手撲滅的。

只是死屍就這樣擺在路邊，感覺有點怪怪的。

「嗯？這是……是什麼啊？」

我在猴子的肋骨之間，看到了一個亮晶晶的東西。

撿起來一看，是個只比一號電池大一點的深土色結晶體。顏色深到幾乎可說是黑色。

轉動看看，晶體的稜角就跟著反射光線，閃閃發亮。

這種不可思議的晶體，總覺得好像在哪裡看過。

「……啊。這跟扎連那混帳的白骨屍體手杖上的水晶很像耶。」

我在大岩扉的洞穴裡，看到過一根鑲嵌了大量礦石的粗糙手杖。眼前這顆晶體跟手杖上的水晶雖然顏色與形狀都不同，但經過加工似乎就能變成同種形狀。

我把周圍查看過一遍，從其他屍骸身上也找到了同樣的晶體。

「我說啊，魔像太郎。這個感覺可以賣到不少錢耶。」

我把寶石般的黑色結晶體拿給魔像太郎看。

魔像太郎也興味盎然地看著。

「你知道嗎，魔太？像是鯨魚的膽結石，也是可以賣到嚇死人的價錢喔。」

魔像太郎聽得十分認真。

這傢伙真的很好學。只是臉好像有點貼太近了。

總而言之，現在的我身上的現金，就只有少許硬幣與可疑的整疊鈔票。只要是有可能值錢的東西，都應該貪婪地撿起來比較好。

況且這麼一點大小，收起來也不占空間。

我完全不知道這個結晶體到底是什麼玩意兒。不過，作為一個重視常識的人，這些不可思議的猴子已經徹底把我打敗了。我內心早已一蹶不振，放棄去深入思考。

就這樣，我開始從這些猴屍身上撿拾收集黑色晶體。

魔像太郎也來幫我的忙，所以很快就裝滿了一整個皮袋。

看樣子這附近的猴子晶體大致上都被我們撿完了。撿到這麼多就夠了吧。假如努力撿了更多，後來卻發現價值與小石頭無異，那就悲劇了。

不過話說回來，我們這對搭檔至今打爛了一堆小型中型的猴子，但從沒發現牠們體內有這種晶體。說不定跟這附近一帶的猴子體型較大有著某種關聯。

❖ ❖ ❖

後來，我們沒多久就抵達了聖堂。

白色的石造巨大建築物，在荒涼的大地上散發出強烈存在感。

那雄偉的模樣，讓人聯想到太古時代的神殿。

我想這應該就是聖堂了。附近除了這棟建築物之外空無一物。

話雖如此，附近一帶還是老樣子，沒有半點人煙。看來可能又是一棟無人設施。

這時，我看到聖堂的入口附近，有三個白白的影子在移動。

本來以為又是那些猴子，但猴子並不白，都是土褐色。我已經看了夠多的猴子，但目前還沒發現白化症的個體。

「也就是說，難道是人類……？」

我滿懷期待，內心怦怦直跳。

但是走得越近，聖堂前的異常景象就看得越清楚。

——希臘雕像在走動。

沒想到遠遠看起來像是白色影子的物體，竟然是三座希臘女神雕像。不，雖然不管怎麼看都是純白的女神像，但不知為何卻會走動。

一瞬間，我的思維完全停擺，腦內差點沒開始播出古典樂與歐洲古堡美景，但就在這時，我忽然發現到一件事。

那些希臘雕像的額頭上，都有著圖紋。

她們都跟魔像太郎有著類似的圖紋，只是圖案有著微妙差異。

原來如此。換言之，這幾座雕像也是魔像了？

的確，她們都是白色的，額頭上又有花紋，看起來是有點像親戚關係。而且大小好像也差不多。

不過還是我家的魔像太郎比較高貴、純白又美麗無比就是了。哼哼。

……沒想到我這麼寵小孩。

對方那些魔像，似乎已經發現到我們了。

不過從她們的動作當中，我感覺不到什麼敵意。不只如此，她們還稍作移動，讓出了建物入口的正面位置。簡直就像在歡迎我們這些造訪聖堂的旅客一樣。

真是友善。無可挑剔的待客之道。

另外，我事前已經告訴過魔像太郎「假如聖堂裡有人或魔像在，除非我下指示，否則絕對不可以主動打人」。

這傢伙很聰明所以我不怎麼擔心，但不必要的爭端自然是能避就避。

畢竟魔像太郎還沒見過我以外的人類。

不過我自己在這世界遇見的人類，也全都是白骨屍體就是了。

「難得人家有這份好意，那我們就直接進去叨擾一下吧。」

我一邊走向聖堂的入口，一邊不動聲色地觀察了一下這幾座希臘雕像。

她們雖然在造型上有著若干差異，但都身形高挑，後腦杓拖著一把長長的頭髮。頭髮蓋住背部，垂落到腰際。

三座雕像都身穿鎧甲，手持某種長柄武器。

只有站中間的雕像，鎧甲與武器的顏色稍異於另外兩座。該怎麼形容？就像是隊長機。

不過她們三個是怎麼搞的？胸部都特別大，已經到了爆乳的等級。

難道製作者是變態嗎……？

就在我偷瞄雕像的胸部時，不知為何，我感覺到背後有股刺人的殺氣急速膨脹。

不妙。

我做出的動作是基於經驗與直覺，無法用道理來解釋。

就像正在散步的愛犬看哪隻狗不順眼想打架時，做主人的瞬間察覺到毛小孩散發的殺氣，趕緊拉扯牽繩加以制止那樣。

一回神才發現，我已經用力抓住了魔像太郎的手臂。

魔像太郎好像愣住了，看著我的臉。

奇怪？什麼嘛，原來是我多心了。

應該說，我為什麼要這麼死命抓住魔像太郎的手臂？

我偏著頭往前走，魔像們就這樣放我們進了建物內。

真是和平。

只是，於擦身而過之際，我看見了魔像們手中形狀有如薙刀的武器。

實際上它的握柄比薙刀短，刀刃部分則是正好相反，形狀較為寬大。我在原本的世界沒看過這樣的武器。刀身頗有厚度，感覺好像非常沉重，但質感有點不像金屬。很可能是——以某種礦石製成的長柄近身武器。

用這種武器，肯定能夠把大猴子的頭顱連同岩石外殼一擊砍下。

她們對我們沒有敵意，或許堪稱幸運。

我們就這樣穿過魔像鎮守的建物正面，走過粗大列柱之間，踏進了寬敞的聖堂內部。

此處是個類似石造神殿的場所，就這點而論，與我在盆地看到的那座大岩扉洞穴遺跡頗為相似。不過，兩者在建築風格上有著極大差異。

聖堂造型極其優美，並施加了纖細精緻的裝飾。一看就知道有著高度藝術性。

不同於隆倍・扎連的墓所雄偉峭直且具有明顯男性風格，這座白牆神殿甚至給人一種女性的印象。

石砌天花板也有著美麗的雕刻。

上面那些高浮雕(High Relief)的典雅仕女，也許是這世界的女神或類似的存在。

有身纏火焰的女子，以及帶著鳥類的女子。

還有身披薄布的女子，以及持有奇妙齒輪形手杖的女子……

雖然從我站立的正面位置只能看見四人的浮雕，不過照這樣子看來，環繞建物一圈應該雕刻了十人以上。

「是很富麗堂皇沒錯，可是──」

我仰望著天花板，不禁又是感嘆，又是失意地嘆了口氣。

因為這幢美麗建物的內部，完全沒有生命的氣息。

「又是個空無一人的地方嗎……」

看到這裡有魔像，本來還期待可以見到活人，結果看來又是個無人設施。

外頭的魔像們，也許是類似警備機器人的存在。

古老的白色建築當中空蕩蕩的，沒有擺設任何物品。

只有風聲在林立的巨大圓柱之間穿梭來回。

……不，仔細一瞧，會發現有某種東西孤零零地站在堂內牆角。

是一具無頭魔像。

有一座知名的希臘雕像稱為「薩莫色雷斯的勝利女神」，而那具魔像給人的印象正如同那種感覺。只是記得那座雕像比這大多了。

儘管乍看之下與普通的雕像無異，但我認為這個跟外頭那些希臘雕像是同型的魔像。她穿戴著胸鎧，而且也拿著同一種武器。

我們走上前去看看，但魔像沒有反應。

而且魔像少了頭部，一定已經壞掉了吧。

我細細端詳獨自佇立於聖堂內的無頭希臘雕像。

其實，我有個疑問。

「這裡的魔像們，素體究竟採用的是什麼構造……？」

我對於這幾具魔像的身體構造大有疑問。我在生成魔像太郎時，在關節方面考慮到了某種程度的可動性。這方面我只是按照教科書的課文實行罷了。也是因為這樣，魔像太郎的造型才會有點像素描人偶。

然而這裡的魔像們，外觀構造完全就是希臘雕像。

關節部位是怎麼做的？

這讓我想起，魔像太郎在全力揮拳時，身體也會像鞭子一樣甩動。不只如此，最起碼我已經確認過他能調節體表的硬度。

是否就跟那個是同一種原理？

「……來檢查看看好了。」

我是個愛好學問，隨時具備高度研究精神的男人。

我目不轉睛地觀察無頭魔像的殘骸，伸手慢慢摸摸看。

但摸起來的感覺還是一樣，怎麼想都只是普通的光滑石頭……手臂關節部分的觸感也並無二致。

嗯——那麼腰部呢？

應該說，這個輕飄飄的石製衣裳，到底是什麼原理？

啊，可能是在這裡省略了構造。

這掀得起來嗎？

我越來越專注於魔像調查。

然而，事後回想起來，也許我這時不該縱容自己的學術探究精神，做出這些事情來……我真心如此覺得。

當我亂玩魔像時，我可以確定魔像太郎一直從背後注視著我，並感覺到他異常強烈的視線。

但是他最近偶爾會這樣，所以我完全沒去重視這個問題。

更何況我面對眼前這新登場的未知魔像，調查得正起勁。

卻沒想過這時候，在我背後的魔像太郎是何種心情。

看在他眼裡，我恐怕就像是個熱愛美少女人物模型，亢奮地上下其手的變態一隻吧……不，實際上看起來就是這樣。

看到伙伴的這種醜態，魔像太郎一定覺得很丟臉，很傷心，並且非常非常不甘心才對。

可是這傢伙是這麼善良，我想他肯定不知道該往哪裡發洩內心的怒火。

而且更重要的一點是，魔像太郎是個非常識相的好男人。

就某方面來說，我還有點太小看他的這種個性了。

我自己沒注意到，但我似乎花了很長的時間玩弄魔像的殘骸。

對素體做了全面性的觸診之後，我的目光朝向魔像的上半身。

「最令人好奇的，還是這個追加裝甲的部分……」

這件石鎧般的裝甲，顏色與素體的石材不同。我猜想，應該跟魔像手中的薙刀般武器是同一種材質。這件裝甲只覆蓋了魔像的上半身。

大概就類似於一般所說的胸甲吧。

我想入門書的解說文章中提到的，戰鬥用魔像穿戴的特殊石材裝甲就是它了。

如果是這種外接裝備式的追加裝甲，說不定也能應用在魔像太郎身上。自從被猴子包圍過後，我一直在擔心魔像太郎遭受攻擊的可能性。

不過話說回來，從裝甲的這種分配範圍來推測，魔像的要害似乎在胸部？

那麼這件鎧甲的石材，應該比素體的硬度更高了。材質摸起來不知會是何種觸感？不過話又說回來，這傢伙的胸部還真大耶。

我為了確認鎧甲的材質，想伸手摸摸看魔像的胸口。

就在這時……

一個雪白的物體，輕盈靈活地岔入了魔像與我之間。

從感覺判斷，是魔像太郎。因為這傢伙在觸碰我的時候總是格外小心。

即使只是擦到一下，也總是只伴隨輕微的力道。

明明是石頭，卻只對我造成柔軟絲絹程度的壓迫感。
而這個溫柔體貼的魔像太郎——……

使出一記下踢，把魔像的下半身一擊踢了個粉碎。

「怎麼！等……魔太……咦咦咦咦咦咦咦咦咦咦咦！」
你……你這，你……你也太狠了吧！
竟然做出鞭屍行為，未免太殘忍了！
我淚眼汪汪地想向眼前的魔像太郎提出抗議。
但緊接著，眼前的光景使我睜大雙眼，當場僵住。

——一座美若天仙的希臘雕像，就站在我眼前。

實在美得讓人說不出話來。
霜雪般的白皙肢體，包覆著平滑的玉石薄裳。
兼具無機物美感與柔韌生物般曲線的造型，堪稱完美的藝術品。

再加上那超乎常理的絕美容貌，散發出令人敬畏的存在感。

給人的印象，就像突如其來降臨的白玉女神。

首先映入眼簾的，是那雙勾魂的深紅眼眸。

這具魔像的眼睛，眼白的部分就跟素體一樣純白。但虹彩的部分，卻是以寶石般略帶透明感的紅石所打造。

還有一點引起了我的注意。

她的左右兩耳都很長。

這就是一般所說的精靈族嗎……？

她有著修長的高個頭，以及直達腰際的柔順長髮。

胸圍比起聖堂的爆乳魔像們，還滿……那個……比較內斂一點。

不，作為一名紳士，我必須為了她的名譽更正我的說法。

我認為她有著高雅不俗，極具文化水準的胸部。

話雖如此，我並沒有對希臘雕像感到興奮的癖好就是了……

不過從這方面來想，她的容貌很可能讓許多前途無量的青年步入歧途，迷失人生的方向。本人想必沒有自覺，但還真是罪孽深重呢。

而在這個階段，我察覺到一個重大的問題。

這傢伙……額頭上的刻印怎麼跟魔像太郎完全一樣？

怎麼……可能……？

也就是說，難不成……換言之，這具魔像是……

……──魔像太郎的妹妹嗎？

很高興認識妳，這位妹妹。我是妳哥哥的好朋友。

對了，妳知道妳哥哥去哪裡了嗎？

就在我與魔太妹妹互相注視時，忽然間，背後傳來一聲巨響。

幾乎於同一時間，我感覺到一股彷彿冰椎刺入背脊的尖銳殺氣。

我猛地回頭一看，不禁倒抽一口冷氣。

散發出殺氣的幾人就站在那裡。希臘雕像……不對，聖堂的魔像們總共六具，像要從入口包圍堂內一般全員到齊，各自舉起武器一字排開。

六……六具……？她們原來有這麼多人？

魔像們的眼瞳放射出綠色強光。

方才那種和平氣氛早已蕩然無存。

她們已徹底將我們視作必須殲滅的對象。

突如其來現身的，魔像太郎的妹妹。
怒火直衝的聖堂的守護者們。
——一整個莫名其妙的戰鬥，即將揭開序幕。

第12話

蠻妃蹂躪

直接講結論吧。

我想聖堂的魔像們，實力應該相當強大。

但是，魔像太郎——的妹妹，實在是強到無人能敵了。

六具魔像站在寬敞石造神殿建築的堂內入口處。

我與魔像太郎的妹妹，與她們展開對峙。

除了我以外全是希臘雕像。從外型來說，就我一個人顯得突兀到爆。

話雖如此，像這樣站在一起看看，比起其他希臘雕像的那種白色，魔太妹妹的白色更是高貴純白，美得沒話說。就某種意味來說，她也顯得很突兀。

不，且慢。冷靜點，現在不是說這個的時候。

希臘雕像們的薙刀刀鋒，完全朝向了我們這邊。其中明確具有對我與魔太妹妹的攻擊意志。

不過好吧，她們會生氣也是當然的。誰教魔太妹妹用下踢把她們同伴的下半身踢了個粉碎呢。假如立場顛倒過來，我想必也會氣瘋的。

包圍我們的六對綠色眼瞳，射出刺人的視線。

相較之下，魔太妹妹的一雙深紅眼眸，沒有半點動搖。

雙方瞳眸中逐漸膨脹的緊張感，暗藏著可謂一觸即發的氛圍。

在這當中，魔像太郎的妹妹無聲無息地站到我的斜前方，像是要保護我。

這種可靠的感覺，簡直跟魔像太郎一模一樣。不愧是血親。我正在做如此想時，下個瞬間——

魔太妹妹一口氣，從我面前跳離了十公尺以上的距離。

她輕靈地降落在聖堂中央，一點落地聲都沒發出來。

魔太妹妹白皙纖柔的右手，不知是何時拔來的，握著剛才被她踢壞的魔像殘骸的一條手臂。

咦？呃，妳把它拔下來了？拔那個做什麼？

魔太妹妹高高舉起那條魔像手臂，一口氣用力砸在地板上。

然後，狠狠把它踩碎。

魔像手臂發出悶響碎裂爆散，無數碎片四處噴飛。

看到她這舉動，六具聖堂魔像一齊做出了反應。

魔太妹妹踢開腳邊剩下的碎片，昂然站立。

深紅眼眸睥睨眾人。

所有魔像全都無視於我這個人，殺向了魔太妹妹。

難道說她剛才那些執拗的挑釁行為，全是為了引開敵人對我的注意？

真是太好心了。

不愧是善解人意的紳士——魔像太郎的血親。

呃不，好吧，雖然我也覺得一開始最先挑起爭端的，好像是這位妹妹就是了……

六具敵對魔像當中，有兩具一馬當先，一口氣逼近了魔太妹妹。

這些傢伙，速度好快。

左右兩具魔像，簡直好像早有默契似的，幾乎同時將薙刀一揮到底。

那把石製武器看似沉重不堪，沒想到揮動起來這麼輕巧。

神速斬擊呼嘯而出，直取魔太妹妹的首級而來。

兩道交錯的重量級刀刃，掃過毫無防備地暴露在外的纖細頸子。

一瞬間，我以為魔太妹妹的頭顱已被砍下，身首異處。

——豈料兩片刀刃，竟被白皙頸項穩穩擋了下來。

魔太妹妹優美的喉嚨，沒受到半點擦傷。

這裝甲也未免太硬……

魔太妹妹就在這時伸出左右兩手，一手一個，抓住稍稍停住動作的兩具魔像的腦袋。

腦袋被抓住的兩具魔像拚命掙扎，但似乎絲毫無法脫逃。恐怕是魔太妹妹的力氣比它們大太多了。

唔喔！這位小姐，居然用鐵爪手把敵人舉起來了。

她就這樣憑恃著蠻力，把兩個敵人同時砸到地板上。

霎時間，駭人的轟然巨響與碎裂聲在聖堂內迴盪。

當轟轟雷鳴般的聲響消失時，魔太妹妹靜靜地站了起來。

兩具趴伏在地的魔像動也不動。

頭部被摔碎了。

魔像太郎的這位妹妹，明明外貌完全是個清秀的精靈女神，戰鬥的方式卻恰如——狂暴的無敵猩猩神。

剩下的四具魔像，勢如雪崩般一舉襲向魔太妹妹。

四把薙刀掀起旋風，如急風暴雨般紛亂舞動。

其攻勢堪稱強盛猛烈。若不是魔太妹妹剛才急中生智，我現在還待在那惡戰空間之中的話，鐵定早已化作一堆肉泥了。

可是，怪了……怎麼回事？總覺得敵方魔像們做出的攻擊動作，常常都是想破壞脖子以上的部位。

嗯？仔細一瞧，魔太妹妹面對敵人類似的斬擊，有時擋下，有時卻又閃避。她以脖頸擋下敵人刀刃的時候著實讓我大吃一驚，但莫非那種防禦也不是完全無敵的……？

面臨魔太妹妹暴露在斬擊風暴中的這場危機，我拚命動腦思考。

有了，說不定只要使用「ＮＴＲ」，就能像猴子的橄欖球那樣，支配聖堂的魔像們？

至今「ＮＴＲ」可能生效的對象，首先有大岩扉的限時結界魔術。然後是石製書的鎖具……我想這應該也是類似於結界魔術。接著最後，就是那些猴子的石彈魔術。這三種對象，當時都變成了完全相同的黑色，我想應該是「ＮＴＲ」發揮了效果不會錯。

換言之，當我請求那些土石魔術罷手時，「ＮＴＲ」基本上都會發動。

我也做過魔像所以知道，它們絕對是以土魔術製造而成的。既然如此，這些傢伙從理論上來講，或許也能夠加以支配。

若能讓這些魔像受我控制，很有可能可以突破這場危機。

我對著其中一具狂暴發威的聖堂魔像，舉起了右手。

「『ＮＴＲ』！」

……然而，什麼都沒有發生。

我手掌對準的那具魔像，若無其事地繼續自由行動。連殺氣都沒有一點減緩的樣子。

這時我發現，每次從猴子石彈上感覺到的那種「ＮＴＲ」的著手點，從這些魔像身上完全感覺不到。就好像想打開一扇沒有門把的門，一點可供下手的地方都沒有。

我的命令沒能捕捉到魔像的身軀，就這樣隨風而逝。

正可謂馬耳東風，對牛彈琴。

這是怎麼回事？魔像不是屬於土系魔術嗎？

「啊……」

我想到了一件事。

我都忘了，《魔術入門》當中有寫到「魔像會彈開外來的魔力干涉」。這就是魔像在對付魔術師時占優勢的理由。

真的假的……

這也就是說，是因為這樣？所以「ＮＴＲ」才會對魔像無效？

天啊，還以為我也能幫上忙耶。

所以，我又得回去當沒用的魔像小白臉了嗎……

殘酷的現實讓我垂頭喪氣，但可想而知，戰鬥還在進行中。

魔太妹妹仍然在抵禦敵人的猛攻。

然而就在這時，簡直好像算好了時機似的，我看到魔太妹妹彷彿輕快地讓身子傾倒了一下。

緊接著，魔太妹妹的白皙美腿，施展出迅如鞭擊，一閃而過的迴旋踢。

正可謂不費吹灰之力。

只不過是這麼一記迴旋踢。

剩下四具敵方魔像當中，就有三具的頭顱**同時**化做齏粉吹飛出去。

令人驚異的腳踢速度，加上壓倒性的破壞力。

那麼纖細的玉腿，究竟是從哪裡發揮出這般超乎常規的火力？

我只能啞然無言。

失去頭部的希臘雕像們，發出巨響接連摔倒在地。

當敵方魔像一一倒下時，只有魔太妹妹一副若無其事的樣子，維持著施展腳踢的姿勢，悠然站立於原處。

只剩下一個敵人。這個敵人有兩下子，向後跳開躲掉了迴旋踢。

正是原本站在入口正面，穿戴異色鎧甲與武器，貌似隊長機的魔像。

同時，也是我偷看了一眼爆乳的那具魔像。

就在這時，魔太妹妹不知為何，轉向了我這邊。

她稍稍縮起肩膀，顯得心神不定。

啊，這跟魔像太郎希望我注意他的時候，做出的是同一種舉動。

就跟輕扯我衣袖的動作一樣，只是比那更簡略。魔像太郎個性內斂，不會過度強調自我，所以我總是格外留心，以免看漏他的任何暗號。

可是，魔太妹妹究竟想讓我看什麼呢？

應該說，她背後現在還有一個敵人耶，怎麼還這麼從容？

啊啊，我就說吧！敵方魔像高舉薙刀過頭，對準魔太妹妹門戶大開的背部發動了突擊。

魔太妹妹似乎沒察覺。

因為她依然面對著我，還在那裡心神不定。

糟了，這樣她會被打倒的——

「喂，笨蛋！魔像太郎，背後！」

霎時間，魔太妹妹的深紅眼眸，看起來彷彿大放光彩。

緊接著，魔太妹妹繼續注視著我，使出閃光般的一記後踢，輕輕鬆鬆就把敵人的雙腿踹個粉碎。

連轉過頭去都不用……

爆乳魔像雙腿被踹碎失去平衡，仰躺著摔倒。

魔太妹妹最後對我投以柔和的視線，同時慢慢轉向背後的敵人。

之後的攻擊，只能說是單方面的，而且不肯罷手。

魔太妹妹跨坐在敵人身上拔掉她的雙臂，憑恃蠻力往敵人的頭部亂打亂揍，將其破壞到體無完膚的地步。

攻擊程度過剩到好像跟敵人有私仇似的。

如今隊長小姐只剩下穿著鎧甲的爆乳胴體。

是說到頭來，她剛才究竟是在心神不定什麼？難道魔太妹妹是想讓我見識她的血腥搏鬥嗎？

「不過，這場面還真悽慘……」

我環顧慘不忍睹的堂內情形，不禁脫口說出這種感想。

作為比賽的裁判，我有責任確認聖堂魔像們的生死。

總覺得之前好像也發生過類似的狀況。

經過檢驗之後果不其然，魔像們全被打碎了頭部，完全陷入沉默了。

確定由魔太妹妹精彩贏得勝利。

不過話說回來，她好強啊。

比起素描人偶形態，希臘雕像形態的動作比較柔軟，使得格鬥性能也有著顯而易見的提升。

啊，不對。我在亂講什麼？她是魔像太郎的妹妹，怎麼看都不是我那個伙伴啊。

後來，我逃也似的離開了聖堂。

要是被這裡的負責人看到，我恐怕會因為非法破壞行為而遭到求償。豈止如此，還很有可能因為損壞他人財產而吃上刑事官司。

我沮喪地走在道路上。

魔像太郎的妹妹揹著籠子，跟著走在我的斜後方。

別這樣，拜託別這樣……那是我最珍惜最疼愛，如今下落不明的魔像太郎的固定位置啊……

走了一小段路後，我與魔太妹妹兩個人在附近的山丘上吃午餐。

附近一帶還是老樣子，就是一片幾乎草木不生的紅褐色荒涼大地。不過，在這種視野遼闊的地方坐下休息，會發現景色還滿美的。

畢竟這個世界開闊無垠的天空，是如此的澄澈美麗。

整片的高遠藍天上，有著許多的白色薄雲，不停往東方飄去。

我一邊仰望遙遠的虛空，一邊心不在焉地低語：

「對了，這個世界吹的一直都是西風呢……」

視線轉回來一看，魔太妹妹正在幫忙生火。

這位妹妹真會生火，就像遺傳自哥哥一樣。

魔太妹妹在我身旁坐下，用熟練的動作，把麵包與起司烤熱。

麵包熱到恰到好處後，魔太妹妹把我最愛吃的美味熱熔起司放在麵包上，然後溫柔地遞給我。

真對不起。最近我什麼事都丟給妳哥哥做，結果完全喪失了自炊能力。我真是個不獨立的男人……

我默默地吃東西。

好像算準了我把麵包吃完的時機，魔太妹妹從我放在地上的布包裡，取出一顆蔓越莓蘋果大神，以及綠色的小刀。

動作熟練到好像是每天的例行公事。

魔太妹妹把蔓越莓蘋果大神，切成了高雅有格調的形狀。

春蔥般玉指使用小刀的動作，不但纖細靈巧，而且無限溫柔。

魔太妹妹把切得漂漂亮亮的蔓越莓蘋果大神裝在小木碟裡，親切地端給我吃。

我拿起一塊蔓越莓蘋果大神，放進嘴裡。

啊啊，這是……

魔像太郎每天都會幫我切蔓越莓蘋果大神當成飯後水果。

他那種高雅的切法，起初高雅到讓我吃起來有點不過癮。

但那傢伙持續觀察我吃飯時的反應或一舉一動。

然後他慢慢調整切塊大小，到了差不多第四天，就完全變成了我喜歡的大小。

世界上只有我的伙伴一個人，能切出如此完美的大小。

而同時，我想起了另一項事實。

我在順道前往聖堂之前，才剛跟魔像太郎做過約定。

——假如聖堂裡有人或魔像在的話，絕對不可以主動打人喔。

魔像太郎是個好人，會認真遵守與我的約定。

回想起來，坐在我身旁的這具白色魔像，一開始在聖堂破壞無頭魔像的殘骸時，也不是用揍的。而是用**踢**的。

後來發生的與六具魔像之間的戰鬥，以這傢伙的性能來想，明明絕對有機會先發制人，她卻沒那麼做。面對所有敵人，都總是**挨過一次攻擊**。應該說是很不自然地等到挨打才動手。

到這時候，我已經泫然欲泣。

一旦我說出這句話，恐怕就再也無法逃避真相了。

可是，我無論如何，都不能對此事避而不談。

我必須對為我做了付出的人，好好表達感謝之情。

因為一旦我連這最低限度的尊嚴都捨棄掉，就再也不配當個文明人了。

「很好吃。謝謝妳每天這樣照顧我，魔像太郎……」

皚皚白雪般的希臘雕像，就跟平常一樣，對我回以溫柔的凝視。

程度小到只有我才會發現，但她的身體微微地——確實欣喜地晃動了一下下。

已經無可懷疑了。

這傢伙……就是魔像太郎。

我傷心地哭了出來。

都怪我太不小心，害我的寶貝伙伴變成了美少女人物模型……

第13話

藍眼睛與長耳朵

寬闊的道路一直線往西方延伸。

我身穿感覺怪高檔的焦褐色長袍，帶領著外貌感覺怪高貴的雪白伙伴，走在紅土的荒野上。

迎面吹來的風輕撫過臉頰。

儘管一路上仍然都是類似的風景，但從這裡到當初決定的目的地——「薩馬里」村落，感覺已經沒剩多少路程。

自從我得知自己鑄下大錯導致魔像太郎變成美少女人物模型，悲慟不已地落淚之後，已經過了約莫兩個半小時。

伙伴變成了世間罕有的絕美精靈魔像，但可想而知，我並不像這傢伙誤以為的那樣，是個迷戀希臘雕像的變態紳士。

毋寧說要跟變成這副模樣的這傢伙走在人群面前，會讓我感到有點遲疑。沒錯，眾人也許會被她的美貌迷倒。但是身旁的我，想必會被誤認為美少女人物模型愛好家吧……

總而言之，在這兩個半小時內，我已經完全調適好心態了。

與伙伴之間的距離感，也徹底恢復到平常的狀態。

沒錯。我是個不會以外表判斷動物優劣的男人。

身為人類，我對這件事抱持著驕傲。

畢竟就連那些醜陋可恨的猴子，我在不知道牠們性情那般殘忍之前，還把牠們當成可愛小猴子，真心想建立友好關係。

是啊，根本沒有任何煩惱的必要。

從一開始，答案就已經確定了。

縱然外表變成美少女人物模型，我也絕不會棄伙伴於不顧。就算這傢伙以為我是個愛好壯漢的肌肉迷變態紳士，而變成健碩肌肉男雕像也一樣。不會有任何改變。

不管呈現何種外形，或是誰有任何意見，這傢伙都是我可愛又心地善良，引以為傲的魔像太郎。

話雖如此，稱呼目前這個狀態的魔像太郎為「魔像太郎」實在很怪。

從這傢伙現在的容貌來想，老實說，就連改稱「魔像子」之類的女生名字都不夠好。

至少也該改為威廉明娜、瑪格麗特……不，毋寧說不改稱阿芙蘿黛蒂或普賽克之類的女神名字，搞不好會引來抗議聲浪。

可是……

「稍微加快一下腳步好了，**魔太**。能在日落前抵達薩馬里村比較好。」

魔太。

這是我個性上能容許的最大妥協了。

原本在不假思索地呼喚時，我有時候就會簡短地叫他「魔太」。

因此，叫起來感覺不會太怪。

再說這只不過是個簡稱罷了。這傢伙戶籍上的本名，終究還是魔像太郎。

假如別人問我「這具魔像叫什麼名字？」，我絕對能夠抬頭挺胸，毫不猶豫地回答「魔像太郎」。這點我絕不退讓，是我身為有責任感的命名父母最低底線的自傲。

況且坦白說，我如果不隨便改名而是繼續用這個名字呼喚，等魔太自己當美少女人物模型當膩了，也許會願意變回原狀。運氣好的話，說不定還會願意變身為我當初的目標——帥氣的甲冑騎士魔像。

我懷著如此淡淡的期待。

只是從結論來說，後來不管我再怎麼委婉地拜託，魔太都堅持不肯脫離美少女人物模型路線就是了……

話說回來，方才我跟魔太說過我們的目標是「在太陽下山前抵達薩馬里」。除非有什麼意外狀況，否則我認為應該能辦得到。

從一開始的盆地走到道路的所需時間、接著到聖堂的所需天數，再加上幾個顯眼地形的特徵，讓我大略理解了地圖的比例尺。

之所以試著加快腳步，主要是考慮到抵達村落之後的事情。我們得盡量早一點抵達村落，不然在交涉住宿問題時可能會有困難。

自從離開盆地以來，每天都是露宿野外。本來今天可以在剛才的聖堂過夜，無奈我們大鬧了一場，只好三十六計走為上策。

「希望今晚可以睡在有屋頂的地方……」

我一主動開口，走在我斜後方的魔太從我肩膀後面探出頭來，想聽我說話。

雖然這動作跟平常並無二致，但由於伙伴改變了外形，使得長耳朵輕輕碰到了我的耳朵。有點癢。

這傢伙，耳朵好長啊……

這世界的人，該不會都是精靈族吧？

我到目前只見過白骨屍體，因此對那方面的事情一無所知。

畢竟從骷髏頭看不出耳朵的形狀嘛……

等一下。我忽然想到聖堂的希臘雕像魔像們，全都是普通的耳朵。還有雕刻在聖堂建物裡貌似女神的那些人，好像也都是普通的耳朵。

也就是說，這世界並不是只有精靈族了？

所以是怎樣？換言之魔太這傢伙，是從我平日的行為舉止，不只把我錯當成美少女人物模型愛好家，還以為我是精靈耳朵迷？所以才會發揮平時的溫柔與服務精神，變成了現在這副模樣嗎！

我差點再次因為後悔而落淚。

不過，縱然是關係親近的知己，一旦種族不同，常常也會因為誤會而贈送一些奇怪的禮物。以前我感冒病倒時，家裡的貓曾經因為擔心我，而叼了死麻雀來放在我枕邊。坦白講，讓我很難過……可是呢，那傢伙是以為我會高興才那樣做的。所以我那時候盡可能裝出了開心的表情。

既然如此，身為接受對方美意的人，我對魔太該盡的責任就只有一個。

再說，我並不討厭精靈耳朵。

「妳的長耳朵真可愛。我也很喜歡喔。」

——結果到頭來，我一直沒能理解我這時候的發言，為魔太的人生帶來了多大的衝擊與重要性。

因為對我而言，這只是極為普通的感想與感謝之情罷了。

並不是經過一番深思熟慮的發言。

不，毋寧說，我太輕率了。

霎時間，一股爆發性的驚人感情巨浪，一口氣拍打在我身上。

發生什麼事了？這究竟是怎麼回事？

這份怒濤般湧來的感情，是歡喜……不——更接近狂喜。

自從生成魔太以來，偶爾會有疑似發自這傢伙的強烈感情，如浪潮湧入我的體內。

但是，至今不曾有過如此巨大的規模。

她的感情奔流直接灌進我的腦中，如含水土壤般濃重，如風捲烈焰般炙熱。紅藍火花在眼皮底下迸散，使我感到頭暈目眩，眼花撩亂。

糟糕，我快撐不住了。

喂，住手啊，魔太。腦子要燒掉了。

啊，不妙。我好像已經，不行了……

在逐漸模糊的意識中，我看見一位長髮女子，坐在深邃森林裡的一塊大石頭上。

周圍籠罩著薄暮的濃重紫光。

可能是這樣的關係，我看不清楚那女子的模樣。

她一看到我，拚了命地想跟我說些什麼。

但是周圍的風聲太強，我聽不太清楚她說的話——

一睜開眼睛，發現有一雙藍眼睛擔心地湊過來看我。

嗯？藍眼睛……？

我霍地起身。

看來我似乎是在路上昏倒了，魔太就在我的眼前。一如常態，魔太跟我臉貼得很近。

看來這傢伙一直在照料窩囊地昏倒的我。

這傢伙還是一樣好心。

魔太的眼睛，當然是紅色的。

唔喔！近距離這樣一看，這傢伙睫毛超長的。這是怎麼做的？

不，這不重要。

方才那個藍眼睛的人是誰？真要說起來，我怎麼會在路上昏倒？

這些疑問指出的真相，僅僅只有一個。

而我，知道問題的答案。

沒錯，換言之呢，恐怕是我的神經在環境劇變導致的連日壓力下，陷入了極度衰弱的狀態……

我需要休息。

為了盡快在安全的人類村落休養生息，我們趕路前往目的地薩馬里村。

都怪我昏倒，害得預定行程大幅落後，太陽已經快下山了。

◈ ◈ ◈

「這裡就是薩馬里？怎麼會……」

我說不出話來了。

我們趕在即將日落之前，到達了疑似薩馬里的村落。

不，正確來說，恐怕是村落**遺址**。

薩馬里村粗略估計，可能有大約一百戶住家。村子裡林立著木造民房。從外觀看起來，給人舊時代農村的印象。

但是，杳無人煙。

紅褐色的貧瘠土地上，只有遭到棄置的荒廢房屋。

周邊的廣闊平地，恐怕是田地的遺跡。

我們察看了幾戶住家，但果然沒人。

雖然屋內有剩下幾件家具等物品，但數量不自然地少。不同於盆地裡隆倍・扎連的隱居處，看來這座村落的每戶人家都已經把大多數的財物搬光了。

居民們是否都搬走了？

走在林立於荒涼大地上的住家之間，會以為自己誤闖了西部片的世界。

老實說，我並不是完全沒料到會有這種狀況。

一路上沒碰到半個人已經讓我起疑，更何況那些猴子實在太強了。連體格都已經達到了大猩猩等級。一般人碰上鐵定沒命。

我也一樣，要不是有魔太這個伙伴在，絕對無法一路來到此地。

誰教我的攻擊手段只有對物理攻擊毫無作用的「ＮＴＲ」，以及體積太大派不上用場的初級魔術「碎石生成」呢。遇到那些猴子肯定小命不保。

我覺得自己這個「毀滅魔導王」的頭銜越來越可疑了。

真要說的話，應該叫作「魔像的小白臉魔導王」才對吧。

……沒錯。其實我已經意志消沉，開始變得軟弱了。

雖說早已料到有此可能性，像這樣親眼目睹村落杳無人煙的事實，還是讓我難以承受。

不過，我的一項美德就是心態調適得快。

我改變想法，決定找間損壞程度較輕的空屋，今晚就早點在屋裡休息。

繼續往西前進，應該會有薩馬里以外的村落，以及大型城市。

只要把地圖重新研究一遍，訂個新計畫就是了。

如今我已經弄懂地圖的比例尺，應該可以算出正確的所需天數。

所幸物資還很夠用。

「魔太，我們在附近找個空屋借住，在那裡吃晚餐……」

我正要跟伙伴說話時，無意間發現她的視線越過我的肩膀，望向較遠一點的地方。

這是她發現某些東西，或是提高戒心時的反應。

魔太的視線變化非常好懂。

因為這傢伙平常沒事時，都是全力注視著我一個人。

像這樣視線沒朝著我的臉，就表示察覺到了某些異狀。

簡言之，當魔太視線稍稍從我身上偏離時，大多表示視線前方有猴子躲在死角。

我提高了警戒。

太陽幾乎已經下山，四下一片昏暗。

我是第一次在這種時間碰上猴子。那些畜生平時在黃昏時段過後，都不會在道路附近出沒。我想可能是回巢穴去避寒了。

我一邊稍做戒備，視線一邊望向魔太面朝的方向。

然而，那裡並沒有猴子。

「那是……」

沒想到視線的前方，竟有一間燈光寥落的民房。

真是意外。我都沒發現。

不，我懂了。是由於夕陽西下，使得從民房外漏的燈光變得更為清晰。

我壓抑著興奮急躁的心情，走向那間窗戶透光的住家。

到了大門前，我略為檢查一下儀容。

這可能會是我與異世界人的第一次接觸。

第一印象很重要。畢竟我本身眼神看起來不是很友善。

我用手整理一下頭髮，撣掉衣服上的灰塵。

好，我這樣就準備妥當了。

至於魔太嘛……

「哎，反正妳不像我長相這麼凶惡，維持現狀應該就夠好了。」

不過，我還是幫伙伴整理了一下頭髮。老實講其實我覺得沒必要，但伙伴乖巧聰明地把頭伸給我，沒辦法。

我輕輕撥開柔細絹絲般的瀏海，就看到額上的圖紋。

只有這裡一直沒變，讓我很安心。

不過我想說，這傢伙的頭髮質地究竟是什麼原理？

不對，比起這個，現在有更重要的事情要辦。

我站到房屋門前，做了個深呼吸。

坦白講，我得拿出很大的勇氣，才敢打開這扇門一探究竟。

根據我的異世界知識，開門後遇見白骨屍體的可能性非常高。

雖然屋裡有點燈，但在異世界，這並不代表裡頭有活人。毋寧說從我的經驗來看，目前在異世界有點燈的地方出現白骨屍體的可能性，竟然高達百分之百。

我下定決心，敲了敲門。

輕敲木門的堅硬叩叩聲，在無人村落中響起。

寂靜包覆著周圍的薄暗空間。

果然又是白骨屍體……就在我正這麼想時……

「來嘍，哪位？」

沒想到大門竟然喀嚓一聲正常開啟，有人從屋裡露出臉來。

沒有變成骷髏。是人，是活人，有在呼吸。

是一位戴著圓眼鏡的清瘦男性。

這位就是我在異世界第一個遇見的活人。

既不是美少女，也不是漂亮大姊姊——而是個感覺歷經滄桑的中年大叔。

第14話

偽稱的本名

「哎呀……！真沒想到會在這種地方，遇見我以外的人類呢。」

這位戴圓眼鏡的先生把門大大敞開，帶著欣喜的笑容對我說話。

從神情來看，男子是個非常和氣的人。

右耳戴著大顆青綠色水晶的耳飾。

男子五官分明，鼻梁高挺，仔細一瞧會發現相貌十分端正，但滿頭亂髮，衣服也皺巴巴的。總覺得有點糟蹋了長相，是個讓人不由得感到極其遺憾的大叔。

這人明顯不是日本人的長相，但看起來也不像是精靈族。耳朵形狀跟我一樣普通。

男子原本神情穩重地看著我瞇起眼睛，然而視線一轉向站在後面的魔太，立刻像是看傻了眼，變得目瞪口呆。

接著他倒抽一口氣，沉默了半晌。

不過他旋即乾咳一聲，恢復成原本的柔和表情。

「哎，站著說話不方便，來來，進來坐吧。」

他親切地請我們進屋，但隨即好像想到什麼，不好意思地笑了。

「話雖如此，其實我也只是今晚借住一宿，並不是這裡的屋主就是了。」

我們在戴眼鏡的男子帶領下，走過木門玄關，就這麼來到了有暖爐的客廳般空間。這間空屋由於室內沒有異世界的奇妙家具，屋內氛圍就像是普通的樸素木屋。

我們走進房間，一起在暖爐前的地板坐下。

這時男子邊嘆氣邊開口了：

「沒想到土哥布林（Earth Goblin）的變異體，居然會張狂跋扈到這種地步……害我來到這裡的途中，被弄成了這副德性。我對自己的本事本來還有點自信的。」

他疲倦地說道，身上衣服有好幾處破了大洞。看似價格不菲的圓眼鏡也破了一點，留下了裂痕。

喂喂，仔細一瞧，連腹部附近的衣物都有一大塊血跡耶。你……你還好嗎，大叔？

這些慘狀與疲憊的臉色，讓我對他有一種滄桑中年男性的印象，但這個人也許實際年齡比外表更年輕一點。

……嗯？對了，土哥布林？那是什麼啊？

我來到這裡的一路上，只有看到猴子啊。

我雖然滿腹疑問，但同時內心也十分焦慮。

我也得……我也得趕快，趕快說點什麼才行……

附帶一提，如同文字的解讀，我早已發現我能流暢地說這個世界的語言。這是因為當我在跟魔太說話時，嘴裡冒出來的都是我不曾聽過的語言。

因此，在目前這個情況下，問題不在於我的語言能力。

我來到這個世界第一個遇見的人，就是這位看起來為人和善的知性大叔。

對我來說，我跟這種類型的人還算說得上話。

但是，我還沒擺脫遇見白骨屍體時的緊張心態，完全沒做好與這世界的活人相遇時對話的心理準備。

講得明白點，一個有著重度溝通障礙的年輕人就在這裡。

我卯足全身的力氣，拚命從喉嚨深處擠出了話語：

「原來如此，那真是飛來橫禍……」

喂，什麼叫作飛來橫禍啊！第一句話就講這個啊！就沒有更巧妙一點的說法了嗎！

我馬上就開始對自己說過的話後悔，然而見我表示出對話的意願，眼前的男子似乎感到放心了不少。

眼鏡底下的溫柔笑容，頓時更加開朗起來。

這個大叔笑容也太燦爛了吧。我如果是喜歡熟男的女生，碰到這狀況一瞬間就要落入禁忌之戀了耶。

「自我介紹得遲了。我的名字是塞莫・司培里亞，在帝立魔術學院忝任助理教授。」

他那富有理智的眼神，透露出內在的睿智涵養。而且分明有一定程度的社會地位，卻親切地比我這種有溝通障礙的毛頭小子先做自我介紹，可見其人品之高尚。

這時我已經從自稱司培里亞的這位大叔身上，感覺出了明確的文明人氣質。

既然如此，我身為異界的一個小小文明人，也得盡到禮數才行。

「我才是自我介紹得遲了。我的名字是……」

講到一半，我僵住了。

對喔，我不知道我叫什麼名字。

我的失憶症真正可怕之處，其實就在這裡。

除非刻意去意識到，否則我甚至不會察覺自己失去了哪些部分的記憶。

我急了。焦急不已。

現在的我，知識少到連想個假名都不夠。

在這世界我所知道的名字當中，只有「隆倍・扎連」確定是男性名字。有幾個理由讓我認為他是男性，其中最具決定性的是他的衣服與飾品。我現在手邊的衣服，除了原本身上的老土睡衣之外全都是扎連的東西，而他的衣服明顯是男裝，跟我的衣服尺寸也幾乎相同。

可是，看那些著作裡提到的輝煌經歷，扎連很可能是個名聲響亮的人。況且雖說只是假名，但我的自尊絕不容許自己頂替那種臭傢伙的名號。

話是這麼說，但我該怎麼辦呢？連自己叫什麼名字都不知道，也不知道家人的名字。

沒有任何資訊可以讓我界定自己的存在。

焦慮僵硬的指尖，碰到手邊的布包。

如今在我身邊，原本世界的遺留物只剩下布包裡這件老土睡衣了。

除了這件印滿黃貓……不，也許是狸貓？總之滿是詭異黃色謎樣動物，無藥可救的超俗氣睡衣之外，我已經沒剩下半點能證明自我存在的事物了。

我的個人特性怎麼會淪落到這個地步……

我噙著不甘心的淚水，拳頭握到發抖。

然而，就在這一瞬間，我切換了思維。

我的一項美德就是心態調適得快。

顛覆思維吧。反而應該說，我還有這件老土睡衣不是嗎？

恐怕沒多少人會去穿這種俗氣得要死的睡衣。

我也不想在別人面前穿這種東西，會買它也只能說是一時失心瘋。

這件老土睡衣，難道稱不上是一種個性嗎？

沒錯。就讓我說個清楚明白吧。這時候，我已經有點自暴自棄了。

我緩緩抬起頭來。

「……——我的名字是，睡伊．勞土。」

我用凜然嘹亮的嗓音，抬頭挺胸如此回答。

用毫無迷惘的清澈眼瞳，直勾勾地定睛注視對方。

堂而皇之，大膽無畏。

對，就是一般所說的虛張聲勢。

背後可以感覺到魔太更加熱情的視線。

嗯，我知道妳是我這種命名品味的忠實支持者。

「睡伊小兄弟是吧。不過，勞土啊……在這附近地區沒聽過這種姓氏呢。」

什麼？睡伊聽起來就很正常嗎！

不過話說回來，在這世界自報姓名時，似乎是先名後姓呢。

其實我剛才是按照日文的習慣自稱「老土睡衣」，就是姓老土，名睡衣這樣。然而說出口變成這世界的語言時，順序卻自動顛倒了過來。

司培里亞大叔若有所思地細細打量了我一番後，瞄了一眼我背後的魔太，然後輕輕點個頭。

「原來如此，你是從東方來的吧……而且還帶著這種聖堂魔像，一定是有很多難言之隱吧。我能理解。」

被……被理解了……

如果現在問他理解了什麼，恐怕完全是打草驚蛇。

只能配合著掰下去了。

◈ ◈ ◈

後來跟大叔談了一會兒，從對話內容判斷，東方地區似乎長久以來小國之間戰亂頻仍。

而我好像被當成打了敗仗，被驅逐出境的魔術師家族成員。

我也就回答「對對，就是這樣」之類的話，適當地配合他的說法。

我有點擔心自己說的話聽起來會不會不自然。

不過，司培里亞大叔看起來不像是有特別起疑的樣子。

真要說起來，他或許只是在跟我閒聊，並沒有打算挖我的隱私。

「不過話說回來，該怎麼說呢……睡伊小兄弟，你這具魔像真是驚人。我雖然不是專門研究魔像，但一看就知道你這魔像不普通。」

比起我的出身背景，他似乎對與我同行的魔太更感興趣。

哦，你也這麼覺得？果然是看得出差異的呢。

「謝謝。這是我引以為傲的伙伴，名字叫作魔像太郎。」

做自我介紹時要報上本名。這是基本禮貌。

司培里亞大叔一瞬間露出了細細尋思的表情。

的確，畢竟魔像太郎這個名字，與她現在唯美女神精靈希臘雕像般的容貌有著極大差距。我很能體會大叔疑惑的心情。

嗯？可是他的這副神情，感覺不太像是對奇怪的命名方式感到困惑……

究竟是怎麼了？

司培里亞大叔的表情，已經變回了原本的柔和模樣。

「『魔夏塔露』嗎？就是人稱蠻妃的戰爭女神之名吧。真是個好名字。」

…………！

不是的，是魔像太郎才對！

話雖如此，我已經察覺到了。

「魔像太郎」聽在這世界的人們耳裡，好像會變成「魔夏塔露」。

我想很可能是發音被調整成這世界的自然形式了。人名之類的專有名詞，有時候發音會跟原本的世界微妙不同。

簡而言之，「桃太郎」也會變成「桃塔露」。

可是，我對於我努力認真想出來的「魔像太郎」這個名字抱持著驕傲。

於是我極力注意詞尾發音，講得更清楚一點。

「是的，我的『魔像太郎』是個勇敢又可靠的傢伙，正可謂戰爭女神。若不是有這傢伙在，我絕不可能平安抵達這裡。」

司培里亞大叔點點頭，對我的說法表示同意。哦，他聽懂了嗎？

「畢竟土哥布林這種魔獸對我們魔術師而言，就像天敵一樣。況且睡伊小兄弟你看起來不像是戰士，我剛才就在猜想你的『魔夏塔露』必定藏了某些祕密。」

不行，他沒聽懂……

不過，我是個不輕易認輸的男人。

「我的『魔像太郎』正可謂誰與爭鋒，堪稱無敵女神。我甚至完全無法想像她落敗的模樣。」

從剛才到現在，我每次一稱讚魔太，她就心神不定地晃動身子，貼到我身上來。

可是，我沒心情管她。我現在正賭上命名父母的自尊，在進行一場嚴正莊重的戰鬥。

「哈哈哈，真是豪氣干雲！不過……嗯，原來如此。聽說在一些不只是貴族興趣的聖堂魔像當中，有些身懷超高性能。所以『魔夏塔露』正是其中之一了。」

還是不行嗎？這個人還是堅持叫她魔夏塔露？

不，還沒完。我的心還沒屈服。

「唉，只能說『魔像太郎』實在是太強了，我這種小角色就跟『魔像太郎』的小白臉沒兩樣呢。」

魔太柔軟的身體不知為何開始帶有熱度，不斷往我背上靠過來。

可是，這對現在的我來說並不重要。

「不用這麼謙虛。役使的魔像實力，換言之就等於魔像使的實力。如果『魔夏塔露』性能卓越，這就證明了睡伊小兄弟是個英才。」

為什麼，究竟為什麼……

難道我永遠無法跟這世界的人們，分享我高超的命名品味嗎？

「……謝謝。能獲得你的稱讚，魔……夏塔露……一定也很高興……」

我的心終於屈服了。

我們圍坐在啪啪迸出火花的暖爐爐火旁取暖，與司培里亞大叔一起吃晚餐。

他不愧是個旅人，身上裝備與隨身糧食都很輕便精簡。

完全不像我只是揹個好像原始人做的粗糙背籠，把保存食品一個勁地往裡頭塞。

大叔分了一些像是醋漬高麗菜的食物給我們。

味道還不賴。

我送大叔起司作為回禮。

他說這起司品質很好，顯得非常高興。

附帶一提，司培里亞大叔使用火魔術，沒兩下就點燃了暖爐的柴火。

瞬間搞定。

比魔太的高速生火快太多了。

我作為土魔術的代表，在落敗感之下渾身發抖。

然而他看到魔太在我身邊不辭辛勞地伺候我吃飯，也睜大了雙眼。

我……我贏過火魔術了……！

總和加起來，這場比賽應該是不分勝負。

好久沒有一邊跟人交談一邊吃飯，我笑容滿面地大快朵頤。

我跟司培里亞大叔兩個男人一邊淺嘗他攜帶的水果酒一邊聽他說話，得知他是為了調查蔓延此地的土瘴氣，才會隻身從帝都來到這裡。

然而現場情況比想像中更惡劣，他判斷無法繼續進行調查，於是打算明天就返回城市。

真是意想不到。這豈不是一個大好機會嗎？

應該可以請他准我同行，帶我去城市吧？

「請問能不能讓我同行呢？不好意思，我對這附近的地理環境很陌生，手上又只有舊地圖。」

聽到我的這個請求，司培里亞大叔態度輕鬆地一口答應下來。

「噢，當然可以了。能夠有你們這樣一路平安抵達這裡的高手擔任保鑣，那可是求之不得的好事。」

就這樣，我請這位親切的好人，答應讓我跟他同行前往城市。

話說回來，這水果酒真香醇。不知道是用什麼水果釀的。

一回神才發現，時間似乎已是深夜。

從採光小窗往屋外看，夜色深深地覆蓋萬物。

司培里亞大叔收拾起酒瓶，開口道：

「那麼睡伊小兄弟，差不多該睡覺了吧……在這個地區必須在日出前起床，否則會有危險。」

大叔這麼說，我想指的應該是隨著日出開始活動的猴子帶來的威脅。的確，如果睡過頭遭到那些猴子襲擊，老實說只有死路一條。

但我有魔太的謎樣雷達。所以到這裡的一路上我毫無戒備，每天都賴床賴到滿晚的。

不知道我明早起不起得來。真是不放心。

一看，大叔準備了睡袋，已經在房間角落開始睡覺。

我也在房間隔著暖爐的反方向角落，用毛毯包住自己。

坐在我身邊的魔太好像理所當然地要陪我一起睡，想抱住我。

「謝謝妳，魔太。不過，這裡很溫暖，所以不用了。」

沒錯，這個房間多虧有暖爐的關係，夠溫暖了。

伙伴很溫柔，一定是擔心我睡在地板上會感冒，才有這種貼心之舉吧。

但是，不用擔心。只要是睡在室內，就不用像直到昨天那樣讓魔太陪睡。

放心吧。今晚的我，已不再是必須讓溫柔騎士閣下緊緊摟在臂彎裡才能入睡的，愛撒嬌的懦弱存在。

好吧，講句真心話，當著司培里亞大叔這個外人的面前，讓人像小寶寶一樣抱著香甜酣睡的行為，以成年人來說坦白講，有點害羞……

但我的這種態度，讓魔太僵硬了幾秒鐘。

接著，她對著司培里亞大叔入眠的背影，開始放出冰凍般的殺氣。

糟糕。

我無法解釋具體來說什麼事情糟糕。

雖說正在發出莫名其妙的殺氣，但我不認為心地善良、親切又體貼，讓我引以為傲的魔太會去傷害別人。

白天在聖堂跟魔像們之間發生的那件事，是因為身為伙伴的我做出的行為讓魔太以為我是變態，害她在沉重壓力下陷入輕微的恐慌狀態。都是我不好，這是明明白白的事實。換作是平時溫柔的魔太，絕對不會做出那種事來。

可是，不知道為什麼，總覺得我如果就這樣睡大頭覺，夜深人靜之時，好像會發生某種可怕的慘劇——我有這種預感。

可是，我不知道該怎麼辦。

再說今天發生了很多事，坦白講我已經累了，很想睡覺。

我緊緊抓住魔太的手腕，就像揪住頑皮狗狗的脖子一樣。

魔太不斷劇烈膨脹的殺氣，徐徐減弱了。

我見狀放下心來，意識就這樣隨著睏意徐徐飄遠。

我握著魔太手腕的手放鬆力道，於是兩人的手，就像重疊在一塊。

同時，我感覺到她的纖細手指不知為何，突然開始在我手上滑動，緊密地與我的手指交纏。

這種握手的方式，好像有個名稱，叫作……

我一邊心不在焉地想著這件事，一邊漸漸落入夢寐之中。

第15話

哥布林與耳飾

白雪般美麗的希臘雕像，將柔韌的右腳高舉過頭。
那景象美到令人不禁嘆息。
簡直有如芭蕾女伶。
姣麗的白色舞伶，就這樣一口氣將右腳砸在大猴子的頭頂上。
遭受到腳跟重重一擊，猴子的頭蓋骨凹了一個大洞，連同岩石外殼被打個粉碎。血花四濺，碎裂的岩石如火花般爆開飛散。
魔太做起這種動作華麗得像一幅畫，但簡言之，就只是斧頭腳罷了。
大猴子碎裂的腦袋整顆陷進地面，一命嗚呼。
又是精彩如常的一擊必殺。
果然越是往西走，猴子的體格就愈變愈大。
這附近的大猴子，已經該叫作超大猴子了。牠們碩大無朋的軀體，儼然是有模有樣的強壯黑猩猩老大。

話雖如此，正如同各位所見，一來到魔太面前還是只能變成手下敗將。

還有，有一件事讓我很在意。其實今天早上，魔太偶然用斧頭腳解決對手時，我稍微稱讚了她一下，說那招斧頭腳踢得漂亮。從此以後，魔太已經有足足半天，都只使用斧頭腳這一招……

我覺得什麼事都要講求均衡。

感覺再不趕快稱讚一下其他招式，好像會不太妙。

「不過話說回來，睡伊小兄弟的魔夏塔露真是銳不可當啊。坦白講，我沒想到她會強悍到如此地步……」

司培里亞大叔一邊重新扶正差點滑落的圓眼鏡，一邊茫然低語。

「作夢也沒想到，你們會真的在土哥布林張狂跋扈的道路上直線前進。我還以為你們一定是使用魔像的表土探敵技能，一邊迴避與群體的接觸一邊來到這裡……」

土哥布林。

沒錯，就是這些猴子的正式名稱。

本來還以為是身披岩石的日本獼猴，原來這些畜生是哥布林啊……

當然我對於這種不可思議的生物，早已放棄了追究與吐嘈。

既然司培里亞大叔說是哥布林，那就一定是哥布林。

不過諸位，請等一下。

哥布林外表有點像人，所以從分類來說很可能與靈長類同類。

假如把人類以外的靈長類想成猴子，那麼哥布林在地球上應該也能稱為猴子吧？

沒錯。換言之，哥布林就是猴子。

因此今後，這些畜生在我心中的稱呼就統一為「猴子」。

「土哥布林從驅除的難度而論，無庸置疑是最困難的一種魔獸。覆蓋牠們體表的岩石，會彈開魔術的干涉。所以魔術師遇到牠們，簡直束手無策。」

見我一臉不解，司培里亞大叔親切地跟我解釋了很多。

他這方面的個性，的確給人一種教育人士的印象。

「不只如此，土哥布林使用的『魔導』還是棘手的土屬性魔導『岩石彈』。就連一般來講擅長抵擋魔獸招數的魔像，都無法有效對抗這招。因為『岩石彈』具有質量，能輕鬆貫穿輕型魔像的裝甲。就算是軍用重型魔像，一旦被牠們包圍進行飽和攻擊，也無計可施。」

司培里亞大叔如此說完後，輕瞥了魔太一眼。

「話雖如此，假如有睡伊小兄弟的魔夏塔露這般強大的探敵能力與速度，而且還能以超強力物理攻擊先發制人的話，這些都不足為懼就是了。」

好吧，我對魔太的超高性能早就清楚得很，現在姑且不論。但從這番話聽起來，聖堂的那些希臘雕像魔像果然是相當強悍了。因為那幾個傢伙，似乎也有在獵殺猴子。

嗯？等等喔。剛才大叔的解說當中，有個名詞讓我很在意。

……魔導？

猴子射來的那些小石頭，不是魔術嗎？

應該說，魔導就是那個吧？雖然差點忘得一乾二淨，但應該就是我在這世界上的社會頭銜「毀滅魔導王」的「魔導」對吧？

「……什麼是魔導？跟魔術有區別嗎？」

聽到我的詢問，司培里亞大叔面帶笑容解釋給我聽。

「魔導是只有魔獸才能運用的魔力操作術。牠們能夠進一步**引導**操縱已經生成完畢的魔術。我們人類一旦魔術生成完畢，就不能再加以操縱了對吧？例如火彈或風刃一旦射出，就無法變更之後的軌道。如果是土魔術的話更是悲慘，因為石頭生成完就只能擺在原地了。」

嗚……！好不甘心！可是我無法否認！

「但是，魔獸可以使用稱作『魔導核』的體內器官，操作生成後的魔術。這就是魔獸之所以被稱為魔獸的原因。」

「原來如此。所以那些傢伙才能做出土魔術所無法辦到的攻擊，操縱生成的石頭射向敵人對吧。」

「就是這麼回事。說到底，魔導比起人類使用的魔術，各種屬性的危險性要高多了。像是伴隨質量的土屬性或冰屬性甚至可貫穿魔術防禦，成為非常棘手且危險的屬性。」

與我並肩而行的大叔大致解說完畢後，臉孔轉向我這邊。

然後，就像挖苦一個笨學生那樣，邊苦笑邊拍我的肩膀。

「不過我得說，睡伊小兄弟你真是奇怪。能夠役使這麼厲害的魔像，講到魔獸知識卻是個大外行！呵呵，我看你原本一定是個富家少爺吧。」

真是慚愧。我的知識在這個世界，恐怕比小學生還不如。

不過話說回來，「魔導」啊……

我也能用「NTR」跟猴子一起讓小石頭滿天飛，不知道那算不算魔導？講到這我才想到，今天因為魔太卯起來用斧頭腳到處殺猴子，我連一次「NTR」都還沒用到。

總之有什麼疑問，向司培里亞老師請教就對了。

「請問一下，魔獸以外的生物，是不是完全都不能使用所謂的魔導？」

「嗯——我沒聽過相關案例呢。」

他如此回答，露出略作思索的表情後，又接著說：

「……若要說除了魔獸之外還有誰能使用魔導，恐怕只有那種人了吧。頂多只有古老故事中出現的『魔導王』能夠辦到。不過是否真實存在還有待商榷就是了。」

魔導王。

這時候他才第一次提及，我在這世界裡姑且可稱為頭銜的名詞。

真的假的？司培里亞老師，您知道它是什麼嗎！

正當我想針對魔導王做進一步請教時，從前方道路旁的懸崖上，一個褐色的龐大身影跳了下來。

轟！沉重的落地聲響起。

那身影，原來是一隻黑猩猩老大級的超大猴子。

距離算是滿近的。

我看看身旁的魔太。魔太雖站在我的斜前方以便隨時保護我，但遲遲沒有要對猴子動手的樣子。她頻頻注意我的反應。

喔，我懂了。她是想跟平常一樣讓我玩「ＮＴＲ」，才會故意讓單獨行動的猴子接近我們。真是好心。

對了，我從剛才就一直把魔太撇著不管，只顧著跟司培里亞大叔說話。也許這傢伙是覺得寂寞了，才會用自己的方式努力吸引我的注意。

畢竟這傢伙還挺不擅長表達自我感情嘛……

可是，這下該怎麼辦呢？

從剛才司培里亞大叔的說法聽起來，「ＮＴＲ」恐怕是只有魔導王才能使用的招式吧？

在這裡使用不曉得要不要緊？

雖然會辜負魔太的好意，但這隻猴子也許該請她照正常方式打倒就好。

我一面猶豫不決，一面望向前方的大猴子。

距離還滿近的，而且猴子本身體格也相當龐大，體表的每一塊粗糙岩石都清晰可辨。

「……話說回來，那些岩石竟然可以彈開魔術？乍看之下明明就只是普通的岩石啊。」

司培里亞大叔聽見我的低語，說了：

「土哥布林的魔術防禦，原理上與魔像的防禦完全相同……這樣吧，百聞不如一見，就讓我示範給你看好了。」

大叔如此說完後，往前走出了一步。

然後他朝著接近過來的大猴子，輕快地舉起右手。

至於猴子看到他這個動作，則是顯得毫不在意，繼續悠哉地靠近過來。

等把猴子引到夠近的距離後，大叔詠唱了魔術。

「那麼，我要用了——『火球』！」

壘球大小的火團，從大叔的掌心高速射出。

是火屬性魔術。

這招散放閃光的魔術看上去華麗非凡，十足的主角派頭。真不甘心。

灼熱的火團，漂亮地直接擊中猴子的胸膛。

然而中彈的瞬間，感覺有點奇怪。砸在猴子身體表面的火團看起來彷彿擴散消失了。

「……哎，總之就像這樣，魔術會遭到石頭內部循環流動的魔力彈開，消散之後變回粒子。」

司培里亞大叔進行解說。那副模樣給人的感覺，恰如慈祥的理科老師。

在他的前方，渾身籠罩在火魔術的高溫產生的水蒸氣中的大猴子，慢慢地走過來。

「對於如此龐大的變異體，區區中級魔術果然不管用啊……」

那隻猴子看起來的確是沒受到傷害的樣子。

原來如此，他說的是真的。魔術完全無效。

那火團看起來溫度明明相當高。黑猩猩老大真厲害……

不過話說回來，方才大叔是故意等猴子接近後才施展魔術。也許這世界的魔術有效射程意外地短。

就在我對實驗結果感到佩服不已時，司培里亞大叔轉頭看我。

然後，顯得有些難以啟齒地開口了：

「……那個，睡伊小兄弟。就如你所看到的，我的魔術無法打倒牠。不好意思，可以請你幫忙打倒那隻土哥布林的變異體嗎？」

「啊！差點忘了。抱歉，我太粗神經了。」

我都忘了。實驗做完必須由我們負責善後才行。

一看，被火魔術打中的猴子滿面怒容。牠怒目咬牙，一副隨時要撲抓過來的樣子。

這可不妙。

「魔太，可以請妳解決掉那隻猴子嗎？」

魔太聽到我這麼說，如同嗜血獵犬一般，襲向了獵物。

柔美的白玉女神，施展出冷血無情的斧頭腳。

只一瞬間，猴子的腦袋就變成了骯髒的煙火。

◈ ◈ ◈

「你瞧，睡伊小兄弟。那就是土瘴氣。已經達到了能以肉眼觀測的濃度。」

司培里亞大叔指了指前進方向上的地平線。

一看，道路前方覆蓋著土色薄霧。

原來那就是土瘴氣啊。要不是大叔這樣跟我解釋，我恐怕會以為那是地表沙粒被風掀起引發的狀況，而白費一番力氣。

「瘴氣本身對人體沒有直接害處，但是會造成魔獸大量繁殖與變異。而且土質也會產生變化，對農作物的生長造成負面影響……只要任何一塊土地滿是瘴氣，那裡就不再適合人居住了。」

喂喂，土瘴氣也太可怕了吧。虧它看起來這麼不起眼。

「可是，從至今的紀錄來看，這個地區從未產生過土瘴氣。可以肯定是發生了某種異常狀況。」

所以司培里亞大叔才會甘冒危險，來到這種地方進行調查是吧。

真是偉大的情操。這才是文明人的典範。

作為地球的文明人代表，我在心中對大叔表達敬意；但就在這時，我在前方瘴氣煙霧之中看到了幾個大影子。

仔細一看，是建築物……是個村落。

就快到黃昏時分了。今晚可能得在這裡住一宿。

果不其然，村子裡沒有人。

唉，或許可說理所當然吧。這附近的猴子已經大到不像話，怎麼想都完全超出了一般人能對付的層級。

「這個村落果然也被瘴氣吞沒了啊……」

司培里亞大叔板著臉低語。

奇怪？難道大叔不是走這條路來到薩馬里的嗎？

我們走的東邊道路上沒有半個村落，道路也沒有分岔，就是東西方向的單一道路。所以我原本以為大叔一定是走這條道路，從與我們反方向的西方過來的。

「司培里亞先生，你究竟是怎麼來到薩馬里村的？」

聽到我的疑問，司培里亞大叔指了指戴在自己右耳的青綠色耳飾。

「喔，我啊，是用這個……從南方到薩馬里一路北上而來。」

「你是說使用這個耳飾嗎？」

從一開始見面時我就在好奇了。這個耳飾是一顆色澤如孔雀石的水晶，大而美麗。難道說這件物品具有某種特別的功能？

「哎，我示範給你看。」

司培里亞大叔站到村落入口，開始小聲吟唱某種咒語。

耳飾的青綠色水晶部分，開始纏繞粒子散發微光。

幾秒鐘後，一股輕柔的風以他為中心吹起。

感覺就像微風。

他闔起眼睛靜候片刻，然後緩緩睜開眼睛，點了點頭。

「……嗯，安全了。這座村落的周圍已經沒有土哥布林了。方才魔夏塔露打倒的個體，似乎就是最後一隻了。」

根據司培里亞大叔的解釋，他的水晶耳飾似乎是一種稱為魔道具的物品。他就是用這個強化風魔術，做了高水準的探敵應用。據說這是大叔的必殺技。

照大叔的說法，他好像是用這個探敵術一邊躲開猴子，一邊從南邊取道山中蛇行北上，抵達了薩馬里村。

的確就地圖來看，南方似乎也有村落。可是不但路程千里迢遙，還得翻山越嶺，因此我打從一開始就沒考慮要前往南方。

所以大叔竟然能夠連連躲開猴群，獨自跋涉那麼長的距離？而且走的還是沒有開路的險峻山地。

跟我這個完全靠魔太幫忙的傢伙，簡直有著天差地別。

聽到大叔的努力奮鬥，我只能佩服得五體投地。
「這件魔道具，本來是以兩耳一對為一組……但我似乎把另一邊搞丟了。大概是在一不小心撞上土哥布林，被追著逃跑的時候弄掉的吧。」
司培里亞大叔如此述說。
他露出有些傷腦筋的表情，一邊抓頭，一邊難為情地苦笑了。
「所以，魔術的精確度比以前降低了相當多。事實上你願意與我同行，真的幫了我很大一個忙。」
這人真是吃了不少苦。
而且還是為了學術調查這種極具文化水準又崇高的目的。
像我這種人還能幫上他一點小忙，真是太好了。
雖然我其實跟魔太的小白臉沒兩樣，不過這點拜託就別提了。
我們隨便選了一間空屋，今晚就決定在這裡住下。
晚餐我們雙方分享食材，煮了湯。
司培里亞大叔從單肩包裡大方地拿出一堆像是洋蔥與鷹嘴豆等等的蔬菜。大概是調查行程比預定更早結束，所以不用太擔心糧食的剩餘量吧。

我輸人不輸陣，也提供了大量肉乾。

我們把搥打弄軟的肉乾，與蔬菜一起放進鍋中。

然後，大叔往鍋子裡灑了一把帶來的辛香料。好香啊。

等湯煮滾，裡頭的料都煮軟了，我與大叔再一起分享。

嗯，味道挺不錯的。

肉乾加進湯裡，意外地可以煮出不錯的高湯。就是所謂的肉乾湯。

啊，這個蔬菜的味道果然就跟洋蔥差不多。很好吃。

今天走了不少路肚子餓了，肉乾的鹹味彷彿沁入心肺，吃起來格外齒頰留香。

附帶一提，用來煮湯的水是司培里亞大叔用水屬性魔術生成的。

這位大叔真是多才多藝。

不過話說回來，水魔術實在太令人羨慕了。不像土魔術瓦解之後就跟垃圾沒兩樣，水瓦解之後還是水，喝了也沒事。實在是棒透了。

據說水魔術這種法術，讓某些人用起來能夠發揮強大的威力。

就伴隨質量的屬性魔術這點而論，它與冰魔術或土魔術並無不同，但水屬性的生成物並非個體，因此性質上包含了流體操作。換言之，就跟火魔術或風魔術一樣，即使是由人類而非魔獸來使用，也能在生成前指定向量。
簡而言之，它不但可以當成水槍使用，只要有技巧，據說也能在某種程度上操縱河川的流向。聽說文獻記載過去曾經有位操使水屬性的大魔術師，幾乎只憑一己之力就攻陷了一座城池。
不只如此，治療魔術也有八成以上屬於水魔術。
水魔術好威啊。
水屬性明明這麼厲害，但卻不包含在四大元素屬性之中。
這世界的四大元素是「火、風、土、冰」。
換言之水屬性的官方地位別說被當成廢柴草包屬性的土屬性了，甚至比以大氣中水粒子為媒介，一般認為屬於類似體系的冰屬性還要低。
「……總覺得好委屈喔。」
由於我攜帶的水甕水量也漸漸減少了，於是就順便請司培里亞大叔用水魔術幫忙補充一下。
這個村落遺址有水井，也還沒枯乾，但水質有可能受到瘴氣汙染，大叔說最好別喝。
假如不知情就喝了下去，說不定已經弄壞肚子了。
真是太謝謝你了，水魔術。

讓我們攜手合作，有朝一日一起打敗火魔術吧。

望著咕嘟咕嘟地慢慢裝滿乾淨用水的水甕，我在心中與水魔術立下了盟約。

❖　❖　❖

暖爐爐火發出溫暖的光芒。

我用毛毯蓋著膝蓋，一邊大啖魔太切給我當作飯後水果的蔓越莓蘋果大神，一邊重讀《魔術入門Ⅰ》。

今天聽過大叔的講課，我獲得了許多魔術方面的新知。現在重讀這本書，也許能更深入了解書中內容。

任何事情都要講求複習。

司培里亞大叔坐在暖爐前，正在檢查裝備。

附帶一提，我與大叔互相分享了各種糧食，但只有蔓越莓蘋果大神，我說什麼都不肯拿出來分享。

抱歉了，大叔。請原諒我。

雖說我們有著文明人的堅定情誼，但只有這點我實在無法讓步。

我一面在心裡對大叔道謝一面認真學習，但酒足飯飽加上室內溫暖，使我一邊看書，一邊已經開始迷迷糊糊地打起盹來。

作為一個自稱的愛書人，這真是太不像話了。

然而，這實在怪不得我。誰教坐在我身邊的魔太這麼溫暖。

這傢伙已經完全成了熱水袋。不，這種暖烘烘的魔力，甚至有點接近暖爐桌了。

魔太似乎正在用強烈而火熱的視線，從極近距離內凝視著我打盹的側臉。

然而，我對這種狀況早就習以為常了。

睡魔恐怕不會為了這點小事就離去。

當我的意識即將落入夢鄉時，司培里亞大叔對我說：

「……哦，那本書是《魔術入門》嗎？真懷念，我剛開始學習時也是讀那本書呢。」

聽到大叔的聲音，我揉揉睏倦的眼睛，抬起頭來。

他目不轉睛地注視著我手上的書，像在懷念過往般瞇起眼睛。

然而，他那溫柔瞇細的眼瞳——不知怎地，看起來彷彿帶有一絲深遠的陰影，顯得孤獨寂寞。

「……原來如此。睡伊小兄弟是看這本書學習魔術啊。」

我仍然有點迷迷糊糊的。

然而大叔接下來的發言，足以一口氣將我從夢鄉拉回現實。

「那本書的作者名，不是寫著隆倍・扎連嗎？那個人啊，其實以前是我的魔術師父。」

第16話

地龍與助理教授

「真要說起來，我在這次調查行動中之所以遠道前來薩馬里地區，就是希望能請隱居於這附近的扎連老師助我一臂之力。」

司培里亞大叔坐在暖爐前面，如此述說。

完全喪失睡意的我，除了睜大雙眼之外什麼都做不到。

「……只不過實際上不但請不到老師幫助，還被迫早早撤退就是了。」

他抓抓頭，好像覺得很沒面子。

塞莫．司培里亞。

這位好脾氣的戴眼鏡男子，居然是將我召喚到這世界來，企圖毀滅世界的那個瘋狂召喚術士隆倍．扎連的門徒。

這讓我想起在書房翻找扎連的著作時，看過類似作者簡介的部分，寫到扎連在魔術學院擔任客座教授之類的事情。當時我只覺得「這個菁英分子真可惡！」，卻萬萬沒想到……

仔細想想，司培里亞大叔一開始就說過自己是學院助理教授了。也許我早該想到兩人之間有某種關係。現在回想起來，我做自我介紹時沒有借用隆倍．扎連的名字，可說是明智的選擇。

可是，眼前這位擁有可敬文明人情操的司培里亞大叔，真的是那個爛人扎連的門徒嗎？

怎麼可能。我有點不敢置信。

這完全是弟子超越了師父的那種情況嘛。

作為學者的實際成績？管他去死。

不過話說回來，司培里亞大叔原來是為了尋求扎連的幫助，才會遠道前來薩馬里附近啊……抱歉了，大叔。其實扎連那個白痴早已在洞窟裡化作白骨屍體了，幫不了你。

兩人的師徒關係使我受到強烈衝擊，但同時其實也有一件事讓我鬆了口氣。

換言之，既然眼前的這位人士是扎連的直系門徒，至少扎連死亡到我受召的時間差距，不可能拖到數百年之久。坦白講，由於到目前為止都只遇見白骨屍體，害我認真懷疑是不是時間經過太久，文明早已毀滅了。

我不知道司培里亞大叔是何時向扎連拜師的，但他的外表年齡頂多只有四十出頭，說不定還更年輕。這樣反推回去，召喚的時間差距最多三十年左右吧？

我有很多問題想追問，但讓這世界的人察覺我是「魔導王」，也許還是不太妥當？

……嗯，怎麼想都有危險。

這個職業從事的似乎是毀滅世界的工作，而且扎連的遺書裡也嚇人地寫到，過去曾有些魔導王遭到殺害。

我的真實身分還是隱瞞著好了。這才是明智的抉擇。一旦被人發現我是魔導王，搞不好還沒做什麼就被當成嫌犯逮捕了。

可是，這樣的話，我該從何問起比較安全？

我還在左思右想時，司培里亞大叔已經鋪好睡袋呼呼大睡了。

因為大叔總是比較早睡，以防猴子來襲。

總之問題等明天開始再問好了。可能還要再走幾天，才能穿越瘴氣之地。跟他的旅伴關係應該還會再持續一陣子。

我如此心想，於是躺到地板上想重新蓋好毛毯。

魔太搶在我前面，把有些滑落的毛毯輕輕蓋回我肩上。

這種溫柔的舉動，跟魔像太郎的時候真的絲毫未變。我的視線追著伙伴熟悉的手部動作跑，無意間停留在她的手腕部位。

「對了，妳戴著好奇特的手環呢……」

魔太自從變成這副模樣以來，雙臂就戴著奇妙的飾品。這是一對帶有神奇花紋的手環，雙腳也有著相同的腳環。

這種東西，在魔像太郎的時候當然是沒有的。

好吧，話雖如此，在從素描人偶神祕超進化到唯美精靈女神的各種變化當中，多出這幾個圈圈真的只是芝麻小事就是了。

「可是，又覺得這個手環的形狀，好像在哪裡看過……」

不過，我到底是在哪裡看到過這種東西的？

我目不轉睛地盯著手環瞧，某種情景漸漸浮現於腦海。

喔，對了，我想起來了。大概是在盆地後院的水井形洞穴底部找到的那具遺體。那個被當成魔導王召喚活供品的被害者。

拘束遺體手腳的腐朽枷鎖，正好就跟這手環差不多大——

「呼啊……」

我抵擋不住睏意，打了個大呵欠。

思考徐徐開始停滯。腦中已開始瀰漫一片朦朧的濃霧。

附帶一提，我很清楚自己怎麼會這麼睏。是因為包住我身體的毛毯，與依偎身旁的魔太身體的觸感簡直是個安樂窩。她提供的柔軟觸感與體溫實在太過舒適，我能感覺到自己被一路引誘進睡眠的世界。

魔太這種謎樣的暖爐功能感覺會害我墮落，實在很不妙……

可是，我無法抵抗這份溫柔的暖意。
我就這樣落入了平穩深沉的睡眠之海最底層。

清爽的早晨來臨了。
早餐簡單吃點麵包、果乾與大叔帶來的花草茶式飲料，我們就往西方出發了。
清晨的空氣很寒冷。
寂靜無聲的道路上，只響起兩人踩踏堅硬路面的腳步聲。
這是我與司培里亞大叔的腳步聲。靜靜走在一起的魔太簡直像隻貓，一點腳步聲都沒有。
像這樣在道路上走個一段距離，有件事讓我在意。
比起昨天日落前看到的情形，附近一帶的土瘴氣顏色似乎更深了。
遠方的景色都染成了褐色。昨天情況有這麼嚴重嗎？
「瘴氣這種東西，會在一夜之間變得更濃嗎？」
教教我吧，司培里亞老師。
「不，我不常聽說這樣的例子。雖然濃度多少會起變化，但一般來講應該不會在這麼短的時間內變化到能以肉眼明確看出……怪了。」

他似乎也察覺到異狀了，回答我之後就沉默無語，彷彿在思索某些問題。

其實除了瘴氣的濃度之外，還有一件事令我在意。

我緩緩環顧四周。

「都沒有猴子……」

今天到目前為止，連一隻猴子都還沒出現。

明明從時間來看，牠們差不多該成群結隊地冒出來了才對。

雖然從狀況來說跟聖堂周遭有點相似，但又不像當時那樣路旁滿是死屍。真要說起來，直到昨天傍晚之前，這附近都還有猴群照常徘徊，被魔太用斧頭腳打趴在地。

為何今天早上忽然都不見了？

難道是被魔太的斧頭腳嚇到了？

其實也不是完全沒這可能性。

那些猴子還挺聰明的，因此在察覺到敵我壓倒性的戰力差距時，會不敢靠近我們。

比方說在魔太展開單方面的虐殺行為之後，如果立刻在附近吃午餐，即使在現場慵懶放鬆個兩～三小時，也不會遇到半隻猴子。

我之所以每天早上能讓魔太抱著，像個小寶寶般睡得香甜，恐怕原因就出在這裡。也就是魔太大量殺戮造成的效果，在附近一帶持續到了隔天早上。

對於總是往猴子所在處移動的我們而言，猴子的此一基本習性與我們沒什麼關係，不太容易注意到。但如果沒有這種習性，那座聖堂周邊的死屍數量絕不可能只有那麼幾具。希臘雕像們應該會每天為了撲滅猴子忙得團團轉，四下也應該會有更多的腐屍而不是骷髏。

猴子不會靠近壓倒性的強者。

話是這麼說……

但我們昨天抵達村落時黃昏已近，是猴子歸巢的時段。所以魔太在近處踢死的猴子，也不過兩三隻罷了。

殺死這麼一點數量，實在不足以對猴子的行動造成大幅影響。

那麼，怎麼會……？

事情不對勁。

司培里亞大叔默默走著，神情嚴肅。很可能是跟我抱持著相同的疑慮，正在反覆尋思吧。

附帶一提，魔太則是跟平常沒什麼不同之處。

她心情愉快地走在我的斜後方。

我回過頭去，魔太就把臉湊了過來。深紅眼眸映照出我的身影，就好像有所期待般閃閃發亮。

仔細一瞧，魔太的長耳朵在微微搖晃。

我最近發現，這傢伙在心情好的時候，耳朵似乎會輕微搖動。

大抵來說都是我跟她說話，或是稱讚她的時候。

「妳心情還真好呢。也許只是我杞人憂天了……」

我轉回前方繼續往前走。

好吧，看魔太這副樣子或許不要緊。

周圍還是老樣子，是一片綿延無垠的紅褐色大地。

說是荒野，但還是有懸崖或岩石等起伏，不能完全說是平地。只是，這些大自然裡的遮蔽物並沒有特別高聳。

雖然遠方的景色在瘴氣霧靄下顯得一片模糊，但前方視野本身還算良好。

這時正面吹來一陣強勁西風，我僅一瞬間閉起了眼睛。

然後，當我再次睜眼時，異變發生了。

「咦……？」

我懷疑是自己看錯了。

前方出現了一個巨大黑色岩山般的物體。

好大。

真的很大。不是普通的大。

老實講，大到我不知道正確來說有多大。感覺隨便都有十幾層高的大樓那麼大。

豈止如此，這個物體還在緩緩移動。

——那是一頭巨龍。

皮膚覆蓋著岩盤般的厚實鱗片。

牠以四腳步行，臉上與額頭長有五支粗長的角。

乍看之下給人的印象，就像擁有暗黑魔龍的肉體與五支犄角的超大肉食三角龍。

那副身姿，完全是一頭邪龍。

眼前的這頭龍，還沒發現到我們的存在……我猜。

牠步履悠然自得，即將橫越我們的眼前。

這是什麼東西？

都靠到這麼近的距離了，之前竟然完全沒察覺？這種龐然大物？在這麼開闊的地方？

不，且慢，魔太的謎樣雷達是怎麼了？

魔太急速衝到我的斜前方，像是要挺身保護我。

動作中顯露出焦慮。

這傢伙也是到這一刻，才發現到對方的存在。

同時，站在我身旁的司培里亞大叔發出了呻吟般的聲音。

「古代地龍……這……這怎麼可能……不可能的……」

大叔的臉色很糟。

他滿頭大汗，睜大雙眼，口中唸唸有詞。

「就是牠在散發土瘴氣嗎……可是，為何會在這種地方……難道才這麼短的歲月，牠就把棲息地大幅移往南方了嗎？這是絕不可能發生的事……假若是這樣，那這就是……我懂了，所以才不是黑暗而是土——」

大叔此時明顯心生動搖，為思考巨浪所吞沒。

這是知識分子常有的症狀，我懂。

得把他拉回現實才行。

「司培里亞先生！」

聽到我的呼喚，他身體抖動一下，猛一回神轉頭朝向我。

「睡伊小兄弟，你快攔住魔夏塔露！絕對不可以刺激到那頭龍！」

我照他所說的，急忙撲向魔太。

唔喔，這傢伙腰好細啊！

總而言之，我抱住魔太纖柔的腰肢，安心地呼一口氣。從姿勢來看，魔太的確只差一刻就要撲向那頭龍了。大叔的判斷是對的，勉強安全過關。

嗯？可是，總覺得讓我抱住的魔太全身開始虛脫，變得軟綿綿的……我反倒想問她要不要緊了。

我們三人就這樣緊急藏身至岩石後面。

不過話說回來，真是意外。沒想到司培里亞大叔居然會慌張到失去冷靜。

至於我，比起之前光是看到猴子身上長鱗片就被嚇到，現在成長了真多。就某種意義來說，我得感謝那些持續對我的精神造成打擊的神奇猴子。

不，毋寧說好像只是因為這頭什麼古代地龍實在太脫離現實，使我現在反而能夠冷靜以對。這頭巨無霸肉食三角龍呈現的氛圍，就是這般超乎規格。

我一邊在岩石後面憋住呼吸，一邊偷瞄巨龍一眼。

要命！魔太這傢伙，把背籠放在那邊的地上沒收走。

要是那個被發現，會不會很不妙？

可是，這不是魔太的錯。伙伴犯的錯，全都該由我這飼主負責。

沒察覺到我的這份自責，司培里亞大叔竊竊私語：

「……聽好了，我們得就這樣等牠離開。我們絕不可能打贏那頭龍。那個叫作古代地龍，是超乎常理的存在。古代地龍是殺不死的，無論魔夏塔露有多強都一樣。」

殺不死？這究竟是什麼意思，司培里亞助理教授？

「真的假的？那傢伙是不死之身嗎……？」

大叔做出了稍作思考的動作，但隨即搖了搖頭。

「就某些部分來說不能斷定為不死之身……但至少過去文獻當中沒有地龍遭到撲滅的紀錄。牠們『古代龍』全世界僅僅只有四尊存在。並且根據傳說，牠們是滅亡的古老世界中唯一存活至今的存在。」

他又繼續說道：

「那頭龍不是藏身於土瘴氣中，輕易就突破了魔夏塔露的表土探敵嗎？因為牠們是半靈體，雖然肉體就在那裡，卻不具意義。」

請……請別忽然說出這種哲學性的發言啊，司培里亞老師。

我可是個笨學生耶。

話雖如此，閒話就講到這裡。我們再次憋住呼吸，靜待古代地龍的龐大身軀離開。

啊，喂，不可以這樣啦，魔太。不要扭來扭去的，乖乖待著。

我加重了抱緊魔太的手臂力道。

然後，感覺似乎經過了相當漫長的時間。

我手臂開始麻了……

古代地龍大到離譜的存在感，仍然近在眼前。

那頭怪物，是不是沒打算離開這附近？簡直好像在一邊四處徘徊，一邊尋找某種東西似的。

話雖如此，我才不管牠有什麼隱情。被迫痛苦比耐力的我們已經快撐不住了，應該說主要是我的手臂瀕臨極限。

喂，你這隻給人找麻煩的臭蜥蜴，拜託你快滾好嗎？

正當我疲憊不堪地在心中咒罵時，就在這一剎那——

突然一股令人渾身發毛的寒意，竄過了我的背脊。

「————！」

忽然間，我的腰輕飄飄地浮起了。

是魔太抱起了我，速度猛烈地跳了起來。

一瞬間，我感受到強烈的風壓與衝擊。

緊接著眼前的景色，從地面冷不防變成了藍天。
視線往下一看，紅褐色的地表在遙遠的下方鋪展開來。
然後，是巨大黑色地龍的背部。
被魔太抱起的我，來到了離地數十公尺的高空中。
我望向方才我們站立的位置，然後說不出話來了。
「什——」
那光景讓人對自己的眼睛起疑。
地面挖出了一個大洞，整塊土地**消失**了。
簡直就像某種龐然巨物經過該處一般，在慘遭破壞的大地上，留下一道陰暗的深溝。
在那條劃出漆黑線條的深溝周圍，褐色的土瘴氣灰濛濛地漫天飛舞。
「究竟發生了什麼事……」
望著視野下方慘遭破壞的大地，我茫然自失地喃喃自語。
但就在下一刻，我注意到一項事實，滿心戰慄。
司培里亞大叔怎麼樣了？
他直到剛才，應該都還跟我一起，站在那塊如今空無一物、開出大洞的地面——

全身血液失去溫度，每分每秒都在凍結。

感覺就像五臟六腑從腰際開始冷卻凝固，停止了動作。

只有心臟與這些現象互相矛盾，開始激烈搏動到幾乎心膽俱裂。就好像想對冰冷結凍的血管，強行灌入血液那樣。

我無法否認直到這一瞬間之前，自己都有點缺乏緊張感。

坦白講，至今我們這對搭檔幾乎所向無敵。

我家的魔太是最強的。她一定能設法度過這場危機。

就連我們剛離開盆地時對付過的，那個讓人感受到強大威脅的大型黑色惡魔，我的伙伴都只用一擊，易如反掌地就殺退了對手。

況且萬一魔太快要被奇怪的魔術打倒，我再用「NTR」保護她就行了。我本來是這麼認為的。

我好歹在頭銜上，也是個「魔導王」。

大概就是魔獸的老大，類似魔王之類的存在。

這頭大到離譜的五角蜥蜴，說穿了應該也就是魔獸。

我腦中的某個部分，是如此以為的。

然而，我完全搞錯了。

這個名為「古代地龍」的存在，根本不屬於那種層次。

這世界上只有四**尊**古代龍。司培里亞大叔是這麼說的。

沒錯，所謂的「尊」……是計算神的單位。

我在召喚術士隆倍・扎連的遺書中，早已讀到過去有多名魔導王遭到殺害的段落，得知了這項事實。

但是，剛才司培里亞大叔說過，過去文獻中沒有古代龍遭到撲滅的紀錄。

在這時候，我就該察覺到了。

──「古代龍」在分類上，是**高於**「魔導王」的存在。

現在，絕望的生死鬥揭開了序幕。

第17話 地龍與王妃

古代地龍的背部從空中看起來，簡直有如黑色山脈。
地龍晃動著牠的龐然巨軀，慢慢地想轉向我們這邊。
我試著強行切換思維。
極力要自己不去想在這世界初次遇見的，溫和善良的眼鏡大叔。
現在如果因為後悔而延遲判斷力，我恐怕會沒命。
沒錯，我是能夠隨時切換思維的男人。
沒問題。想也知道沒問題。我，因為我，是能夠切換思維的——
像這樣讓魔太抱著，身體不可思議地幾乎感覺不到風壓。這造成我陷入一種奇妙的錯覺，彷彿自己在空中暫停了時間。
但是，魔太已經開始從高空墜落了。
這傢伙只是用驚人的腳力跳到空中，並不是會飛。上升到頂點後，再來當然只能下墜。
墜落的過程中，我與古代地龍只一瞬間目光碰上。

我渾身起滿雞皮疙瘩。

那雙黑不見底的眼瞳，窺測不出任何感情。

連殺氣都感覺不到。

對這傢伙來說，我們的存在恐怕連小飛蟲都算不上。

魔太輕柔地降落在地上。

明明從那麼高的地方下墜，卻幾乎沒有一點聲響。

她把抱在臂彎裡的我，當作珍寶一樣小心放到了地面上。然後她一看到我站起來，立刻迅速沉下腰放低重心——

接著她宛如一枝雪白箭矢，順勢一口氣衝向了古代地龍。

在與地龍接觸的前一刻，魔太以驚人氣勢一躍而起。

白皙的拳頭捲起氣流，發出低吼。

她揮出的必殺右直拳，至今總是一擊屠戮了所有敵人。

沒有任何技巧或花招，僅僅是憑靠蠻力，灌注渾身勁道直線揮出的一記拳頭。但以她來說，這種極其單純的攻擊方式，單就破壞力而論卻無人能及。

爆發性的一記拳頭，漂亮地命中目標。

地龍正要轉為走向我們這邊而露出側腹部，這一拳沒受到任何遮擋，完完全全命中了牠的腹部。

在打個正著的瞬間，我看到巨大地龍岩盤般的鱗片表皮，簡直有如月球表面的撞擊坑般凹出大洞。

贏了。

此時從腹部瞬間性擴散開來的內部破壞異常現象，不管怎麼看都對內臟造成了嚴重傷害。無論身軀有多龐大都無濟於事。一旦內臟受損，所有生物都得平等地倒下——

「…………什麼？」

不如我的預料，古代地龍並未倒下。

豈止如此，令人不敢置信的是，牠毫無半點反應。

既沒有因為劇痛而畏縮，也沒有因為挨揍而憤怒吼叫。就只是毫無反應。

那對眼瞳中的感情，跟剛才在高空中四目交接時並無二致。不帶感情的黑瞳，彷彿只是看著一踩就會死掉、不足為道的渺小存在。

這時候，魔太被自己拳擊的反作用力彈開，降落到了地上。

平常連腳步聲都不發出的她，這時第一次發出了落地的聲音。隨著轟隆的衝擊聲，地表冒出了大大的裂痕。

魔太一刻也不停，再次襲向了地龍。

她一個大跳躍，宛若飛鳥般跳到地龍背上，緊接著以雙手拳頭，朝著巨大敵人的背部開始展開神猛連打。

高速的毆擊風暴左右開弓，把古代地龍的背部狠狠亂打一頓。

每一擊都具有致命威力的沉重拳頭每次如彗星般砸進身上，幾乎可稱為外殼的厚重鱗片表皮，就凹凹凸凸地冒出大量的隕石坑。

可是，古代地龍沒有倒下。

……喂，等一下。剛才那記攻擊，怎麼想都應該把脊椎打碎了才對。

看到對手遲遲不倒下，魔太就這樣沿著敵人肩膀，一瞬間往上飛奔到牠的頸項。

然後她如陀螺一般旋轉，由上往下，對地龍的粗壯脖頸施展了斷頭台般的跳躍延髓踢。

她柔韌的白皙玉腿經過空轉，發出揮鞭般的低吼。

接著，駭人的轟然巨響迴盪四下。

冷酷無情的戰爭女神執行了斬首刑。我確實親眼看見古代地龍巨大如山的軀體，一瞬之間下沉了好幾公尺。

明明是這樣，古代地龍卻沒有倒下。

地龍穩穩站著。

不只是軀體，散發的存在感也大到莫名其妙。邪惡的五角巨龍，以濃縮至幾乎趨近黑色的土色鱗片鞏固自身防禦。這傢伙不受一點動搖，泰然自若地俯視著我們。

那雙眼睛還是一樣不帶感情，甚至不曾浮現一絲痛苦之色。

難道說剛才那頓鬼哭神嚎的連番攻擊，真的一點效果都沒有？

只要這傢伙是以蛋白質與鈣質構成，遭受到那頓攻擊卻連細胞都沒受損，絕對不正常。

這頭畜生究竟擁有什麼樣的身體結構？

——古代地龍是殺不死的，無論魔夏塔露有多強都一樣——

司培里亞大叔最後的那句話，宛如慢慢浮現的黑影，令人毛骨悚然地飄過腦海。

半靈體。雖然肉體就在那裡，卻不具意義。

也許那句謎團重重的譬喻般表現，不過就只是純粹地，如實陳述這頭龍的性質罷了。

若是如此，這頭怪物該不會……

……肉體方面的物理攻擊，對牠完全無效？

這不可能，但我卻得出了這唯一的結論，啞口無言，臉色鐵青地呆站原地仰望地龍。

就在這個瞬間，魔太簡直好像被某種隱形牆壁彈開了一樣，突然頭下腳上地被拋到了空中。

怎麼了？發生了什麼事？

地龍把臉朝向被震飛的魔太。

一字排開的獠牙形狀凶惡嚇人，每一支都清晰可辨。因為牠張開了血盆大口。

牠的嘴邊不知不覺間，匯聚了大量的土粒子。

這個似曾相識的現象是，土魔術……不，是土**魔導**——

說時遲那時快，近似於石柱的巨大岩塊砲彈，朝著魔太射去。

那枚石彈纏繞著土瘴氣的氣旋。在那不祥的褐色瘴氣煙塵中，我看見宛如電漿的紫色電光現象。跟猴群的法術有著天差地別，一看就知道那不是正常的土魔導。

就是這個嗎？就是這招將我們剛才站立的地面整塊炸飛？

糟糕。

魔太現在人在空中。而且姿勢嚴重歪斜，呈現毫無防備的狀態。

我急忙舉起右手，對準射出的石彈。

「——『NTR』！」

至今，我已經用這招對付過猴子好幾次。

坦白講如果是猴子的石彈，不管同時來幾萬發，我都有自信能全數反彈回去。

不是在說大話，「ＮＴＲ」就是如此近乎萬能的強力招式。

不同於在聖堂試著支配魔像的狀況，此時此刻，我確切感受到了那種法術著手點的奇妙感覺。換言之，「ＮＴＲ」對這種石彈肯定有效。可以奪走控制權，使其失效。

地龍射出的石彈大小，的確比猴子的招數要巨大許多。

但也不過就是直徑將近兩公尺，長度幾公尺的大小。

而且數量才不過就一個。

從質量與魔術的規模等等來看，這點程度應該能夠瞬間由我掌控，不成問題才是。

——可是，古代地龍的石彈，卻沒有停下來。

頂多只有速度稍稍減慢，但照樣往魔太飛去。

「怎——」

我說不出話來。

不過，魔太即刻做出了反應。

她趁著石彈一瞬間變慢的空檔，身子一個翻轉重整態勢，用力踢踹了地面。然後她高舉右拳，往迫近而來的石彈揮去。

白玉女神的必殺鐵拳，與邪惡黑龍吐出的巨岩，爆發了正面衝突。

排山倒海之力的正面衝撞，讓衝擊波往四面吹襲。

強烈風壓迎面撲來，使我不禁皺起了臉孔。

石彈在地面上胡亂挖削一通，把向前揮拳的魔太往後推回。

魔太與石彈滑過的路上，大量沙土與瘴氣往四面八方飛散，遭到破壞巨浪吞沒的地表刮出了一道鴻溝。

那個力大無窮的魔太，居然在力氣上敵不過對手。

恐怕是質量相差太多了。

然而就在這時，地龍的石彈從中心位置開始慢慢迸開裂痕。

裂痕如蛛網般擴散開來，最後覆蓋了整塊巨岩——

緊接著，石彈就像爆開一般碎裂四散。

受到強烈爆碎衝擊力波及的魔太，也一口氣被震飛到十公尺以外的後方。

不過，沒事。她穩穩地緊踏大地站立著。

「總……總算是撐過來了……」

我不禁安心地出聲說道。

然而，我立刻就發現事情有異。

魔太的右臂接近肩頭處，冒出一條橫線裂痕。

不久，這道裂痕繞了魔太的纖細右臂一圈，然後……

——她的手臂連根折斷，砰咚一聲，掉到了地面上。

魔太就這樣搖搖晃晃地失去平衡，仰面倒下了。

她似乎拚命試著站起來，但全身僵硬無法動彈。

妳是怎麼了，魔太？

我頓時面無血色，渾身發冷。

「妳還好嗎，魔太！」

那完全是一時衝動之舉，絲毫沒考慮到後果。我用踉蹌的雙腳拚命跑過蒸騰的瘴氣渦流，一口氣趕往受傷的魔太身邊。

我滑步跪到地上，抱起躺在地上的伙伴的上半身。

她的身體表面跟平常有些不同。就好像白色肌膚擺脫不掉褐色土瘴氣的殘渣那樣，有種奇怪的不協調感。

難道是中了那石彈的魔力或瘴氣的毒嗎……？

附帶一提，假如現在古代地龍的第二發砲彈在這個狀況射來，我肯定會一起被炸死，但現在不是說這個的時候。這還用說嗎？我如果坐視不管，我家的魔太會死掉的！

所幸地龍此時陷入了沉默。

回想起來，這頭龍在我們從高空毫無防備地往下墜落時，也完全沒做任何追擊。

該不會是那傢伙的石彈無法連續發射吧？

總而言之，我趕緊摟住魔太的肩膀。

她的臉稍稍動了一下，也用赤紅眼眸注視著我。

「太好了……看來妳意識還很清晰……」

這傢伙平常被我碰到任何地方，總是固執地把該處變得柔嫩或溫暖，如今身體卻變得像真正的雕像般又硬又冰。

這下糟了。我該怎麼做？我可沒學過如何替魔像緊急療傷。

就在我幾乎要束手無策時，前面那頭地龍的嘴巴，終於又開始匯聚土粒子了。

第二發要來了。

打從一開始，我就沒考慮過放著無法動彈的魔太不管自己逃命。

我必須留在這裡，靠自己抵禦攻擊。

我用左臂緊緊摟住魔太，右臂舉起對準地龍。

「可惡！——『ＮＴＲ』！」

我看見迫近而來的巨岩前端，有一小部分變成了黑色。

拜託，要生效啊。

給我轉彎！

就在這個瞬間，只有一點點，雖然真的只有少許幅度，但砲彈確實偏離了軌道。

先是驚天動地的風壓、衝擊力與紫電閃光，然後是險些震破鼓膜的轟然巨響，高速飛過我們的身旁。

往這一切通過的右側一看，附近一帶的地面被破壞到原形盡失。在大約二十公尺前方，形成了一條散播瘴氣的巨大濃黑深溝。

「ＮＴＲ」雖然只對飛行軌道造成了些微干涉，但彈著點往右偏離的角度似乎比預料中來得大。或許是因為石彈本身的動能太過龐大吧。

「得……得救了……嗎……」

我一邊說話，一邊大口呼出險些停止的呼吸。

我們還活著。得救了。

可是，為什麼？

我的頭腦再次開始急速運轉。

為什麼這次，我能讓軌道偏離？

在軌道偏離的前一刻，我彷彿看見石彈有大約一半成功變色。

不像起初的第一發時「ＮＴＲ」幾乎沒生效，差別在哪裡？

現在回想起來，我對第一枚砲彈發動「ＮＴＲ」，是在即將擊中魔太的前一刻。

但是面對早已料到的第二砲時，我幾乎於地龍生成石彈的同一時間發動了「ＮＴＲ」。

——是時間嗎？

恐怕是時間不夠充分。

我不知道那是魔力還是瘴氣，總之地龍石彈帶有的，令人不敢置信地濃密而龐大的那種力量，造成平常只需一瞬間就能完成的支配，變得需要耗費大量時間。

可是，我可沒辦法在更早的時機發動招式……

這樣想來，偏離彈道已經是我的極限了。

既然不能完全由我控制，就無法用「ＮＴＲ」進行反擊。

更慘的是，我在干涉這頭地龍的石彈之際，有種消耗誇張龐大魔力的感覺。就我的感覺，要再彈開幾十發石彈是絕不可能的。

繼續挨打不還手，最後一旦我後繼無力，就即刻確定敗北了。

話雖如此，以我的腳程，又不可能抱著動彈不得的魔太逃掉。

抱著啊……對了，說到這個，魔太的體重不知道有多重？

這傢伙平時都用令人驚愕的身手，讓碰到她的我感覺不出半點體重。

不，毋寧說平時從魔太身上感覺到的過度輕盈之中，不知為何，甚至帶有一種就好像在心儀男士面前謊報體重，宛若羞赧少女般的味道。

像現在這樣摟在懷裡是能感覺到沉甸甸的重量，但這對我來說還是初次體驗。

不管怎樣，因為這傢伙受傷了，所以我帶著她逃不掉。

而以我的個性，要我丟下這傢伙自己逃命，更是不可能的事。

這樣一來不管有沒有用，我都只能趁著地龍石彈發射的時間空檔，試著主動攻擊牠，設法藉此找出一條活路。

我想起我在那本《魔術入門Ⅳ》當中讀到的幾種入門魔術。至今我怕發生魔力失控而從未實際使用過，但如果都到了這種危險關頭還怕不安全而不敢使用的話，那就太蠢了。

況且，我應該擁有「魔導」的力量才對。

這跟生成等於結束的普通土屬性「魔術」不可相提並論，應該能像遙控飛機那樣操縱著自由飛行。就跟這頭古代地龍，或是那些猴子一樣。

如果要反擊，除了這招之外想必別無他法。

我下定了決心。

我將生成座標設定在腳邊地面，集中精神，開始詠唱。

「──『土之大槍』。」

土粒子開始匯聚於地表。

彷彿與空間交纏，無數粒子逐漸形成棒狀，最後生成了長約兩公尺的土褐色沉重長槍。

很好。看樣子第一階段算是成功了。

看來魔術絲毫沒有要失控的跡象，生成得十分精確。

之所以選擇長槍作為武器，自然有我的道理。

入門書上雖然也有提到生成斧頭或槌子的魔術，但以我來說，前提是要操控魔術生成物飛行，因此最佳選擇應該是可供投擲的槍矛型武器。況且如果要用猴子石彈那種方式進行飛射，它從形狀而論很可能是最具貫通力的武器。

但是，接下來才是問題重點。接下來，我該怎麼做才對？

……魔導這玩意兒，要怎樣才能發動？

我想從原理上來說，應該跟平時使用的「ＮＴＲ」相差不大。差別只在於操縱對象是敵人的魔術，抑或是自己生成的魔術。

沒錯，我要有信心。我絕對用得來。

那些猴子不也用魔導用得跟真的一樣嗎？好好想想，野猴子辦得到的事，我這萬物之靈怎麼可能辦不到？

我說什麼也不能輸給那些猴子。

作為人類代表在心中燃燒對猴子的謎樣競爭意識，我採用跟發動「ＮＴＲ」時完全相同的方法，開始在心中謙卑有禮地向長槍拜託：

——長槍大哥，我想打倒那頭龍。拜託，可以請你幫幫忙嗎？

果不其然，我這樣拜託完之後，異變就發生了。

眼看著長槍一邊發出妖異的氣息，一邊開始變成濃黑色。

詭譎不祥的漆黑色彩，逐步包覆住整根長槍。長槍從頭到尾染成黑色後，就悄然無聲地迅速浮上半空。

那副威儀，正可謂自地獄降世的漆黑魔王妖槍。

太好了，成功了。

看見沒，你們這些猴子！我終於與你們並駕齊驅啦！

看來在操縱自己以魔術生成的物體時，不用像「ＮＴＲ」那樣發號施令，物體也會動。是因為不算是把人家睡走的關係嗎？

我試著在空中稍微操縱一下長槍。

黑色長槍飄浮在我手邊，漂亮地旋轉了好幾圈。

太完美了，感覺對極了。

這下可行。

我一個動作就制住旋轉的長槍，讓它輕飄到頭頂上。

然後讓長槍的尖端，瞄準前方古代地龍的額頭正中央。

「長槍啊，刺穿牠！」

我唸誦口令。剎那間，「土之大槍」一如飛彈猛然飛向高空。

它就像是對眼前敵人懷抱著屠戮的意志，對準巨大地龍的額頭一直線飆飛而去。

飛翔的長槍，吹響出異樣的風切聲。

快如音速的深黑一擊，看起來似乎就要直接貫穿地龍的眉心。

——豈料長槍在到達額頭的前一刻，卻狠狠撞上透明障壁，停住了它的動作。

「啥？那什麼鬼啊！」

突如其來的事情發展，讓我忍不住大叫出聲。

這種莫名其妙的障壁，我怎麼之前都沒聽說！

我辛苦了半天施展的魔導攻擊，竟忽然被這種不明所以的招數擋下，未免太蠻橫不講理了。

剛才魔太不管怎麼揍都揍不死這頭怪物時，一定也跟我現在是同一種心情。

話雖如此，我的攻擊本身還沒結束。

試著貫穿敵人的「土之大槍」，與阻擋去路的隱形障壁，兩者之間開始了激烈搏鬥，互不相讓。

漆黑長槍像鑽機一般不斷地高速猛烈旋轉。震動與衝擊使得槍尖迸散出華麗的閃光與黑色火花。這根長槍的威力，怎麼看都明顯非同小可。

至於那面障壁也同樣毫無動搖，持續抵擋長槍的進攻。即使肉眼看不見，其無懈可擊的安定感依然有如銅牆鐵壁。

到了這節骨眼上，我察覺到了。

……該不會就是這面障壁吧？方才那個把魔太震飛到空中的隱形壁壘般攻擊，其實就是這個？

「土之大槍」與神祕障壁上演著熾烈的交鋒場面。

然而，力氣之爭比不了多久。

因為我的長槍不幸地先面臨了極限。

一邊削減自身體積一邊持續旋轉的漆黑大槍，終於像是耗盡力氣般，散播著黑色粒子土崩瓦解了。

「嗚……！」

我小聲發出了呻吟。長槍在空中瓦解的瞬間，我產生一種龐大資訊與周圍空間強行中斷連接的，陌生的不快感受。

我一邊稍微按住太陽穴搖搖頭，一邊將視線拉回前方。

一看，崩毀墜落的長槍粒子已變回土色，如降雪般自高空灑落至附近一帶。

啊啊，怎麼會這樣？長槍大哥被擊敗了。

我的普通必殺技，竟然在初次亮相的戰鬥中這麼輕易就吃下敗仗……

氣勢凌人的古代地龍，悠然自得地佇立於原處。

那對眼瞳中，不帶感情的色彩。

我注視著那雙喪服般的黑色眼瞳，完全無言以對。

魔太無人能敵的物理攻擊，全都不管用。

敵人就連最終殺招「ＮＴＲ」都幾乎不當一回事，憑恃蠻力與巨大質量跟我硬碰硬。

然後，好不容易才融會貫通的魔導攻擊，竟然也被詭異障壁彈回。

明明聽說土屬性的魔導由於伴隨著質量，因此對抗魔術防禦特別有利，敵人卻好像理所當然似的把它彈開了。

這傢伙，根本徹頭徹尾犯規嘛……

第18話

王與地龍

「哈啊，哈啊……可惡……！『ＮＴＲ』！」

在我舉起的右手前方，迫近而來的巨岩改變了些微軌道。

大到離譜的岩塊命中我右側三十公尺外的地面。隨著地鳴般的爆炸聲響起，岩塊散播出土色瘴氣，像是一路啃咬周圍地表般直線前進。

它就這樣把地形破壞殆盡，無人能擋地衝到了最後方。

這枚石彈明明發出駭人的彈著聲，卻輕而易舉地把堅硬的岩石大地當成柔軟奶油般挖削掉。

真是一幕怵目驚心的景象。

又挖出了一道瘴氣漫天飛舞的巨大深溝。

從我這個位置，完全看不見黑暗的溝底。

自從我以「土之大槍」進行的第一發魔導攻擊輕易被障壁擋下以來，大約過了十幾分鐘。

我還在與古代地龍展開對峙。

魔太漸漸變得能稍稍挪動身子。

可是照她目前這種狀態，要靈活行動是絕對辦不到的。別說攻擊敵人，她只要一離開我身邊，恐怕馬上就會被石彈命中擊斃。

看到魔太虛弱地想用僵硬的身子站起來，我硬是抱住她，不讓她動。

周圍的地形，早已完全化作滿目瘡痍的地獄景觀。

大地被挖掘破壞得原形盡失，瘴氣渦流把周遭一帶覆蓋得密不透風。

光是一枚砲彈命中都已經慘不忍睹了，敵人卻用更多砲彈轟炸同一處，使得現場已然陷入無法言喻，天昏地慘的破壞狀態。就算地震、龍捲風與隕石同時降臨，我想也不會悽慘至此。

在這種狀況下，我仍繼續使用「土之大槍」嘗試突破障壁。

因為我猜想只要能打穿那面隱形障壁，或許就能用魔導攻擊對古代地龍本體造成傷害。

那頭地龍方才毫無戒備地讓魔太連續毆打個不停，沒做出半點反應。明明就整體的破壞力來說，我的土槍根本無法與之相比。

可是相較之下，地龍卻從最初就一直使用障壁防禦土槍。

「土之大槍」作為土魔術的生成物，除了具有「伴隨質量的有形物體」這一面之外，同時也與普通魔術一樣是濃密的魔力集合體。

說不定在攻擊判定之類的方面，與魔太的打擊有所差別。

假如我能找到一個突破的關鍵，那就是這裡了。

我知道這是極其樂觀的推測。可是在這令人絕望的狀況下，我除了賭在這個可能性上面之外已經別無他法。

所幸，長槍能任由我自由操縱飛舞。

與其說是遙控飛機，已經可以形容成暗黑地對空飛彈了。

我一邊以「ＮＴＲ」勉強抵禦地龍的石彈攻擊，一邊趁隙從上下左右的死角與腹部底下等各種方向，不斷嘗試飛彈射擊。

長槍的猛攻風暴不曾歇息。

朝著巨龍接連飛去的黑色導引飛彈，真可謂怪獸電影中的一幕。

然而即使是這種驚濤駭浪般的攻擊，也全都被障壁彈開了。

「連這樣都不管用嗎……」

那頭畜生的障壁沒有破綻。而且憑這招「土之大槍」，可能不管怎麼做都無法貫通障壁。長槍與障壁之間，魔力功率上有著令人絕望的差距。

不是要自誇，我是覺得我的長槍破壞力應該相當大才對……

我匍匐在地，肩膀上下起伏，仰望著聳立於高不可攀之處的地龍。

戰況看起來像是陷入膠著狀態，其實是每況愈下。我感覺自己的魔力已經漸漸見底。

雖然想用魔導飛射多少長槍都還不成問題，但是用「ＮＴＲ」干涉地龍的石彈使軌道偏離的動作，嚴重消耗了我的力量。

應該說就像現在這樣，我已經累得開始喘不過氣來。

坦白講，我不認為自己還能彈開多少枚砲彈。

相較之下，眼前的地龍看起來簡直沒有絲毫疲憊。

繼續這樣打爛仗，不出幾分鐘我就會先耗盡魔力，走上敗北一途。

我無法扭轉石彈軌道的那一刻，就是我與魔太的死期。

不能再耗下去了。只能嘗試「土之大槍」以外的方法了。

「話是這麼說，可是到底該怎麼做……！」

說要想其他辦法，但我能用的手段已經所剩無幾。

我使用「土之大槍」時總是加速到極限，並令其猛烈旋轉以增加威力。既然連那樣都無法貫通障壁，我實在不認為現在再丟什麼斧頭或槌子會有用。

入門書其他記載的土魔術，盡是一些生成底座以幫助拿取高處物品，或是野外拋棄式簡易廁所之類的玩意兒。

底座先姑且不論，廁所感覺似乎可以小兵立大功，但話雖如此，用廁所是無法打倒古代地龍的。

這時，我腦中浮現了一種入門魔術。

——就是「碎石生成」。

回想起來，在基本上都能精確做出教科書所描述尺寸的種種入門魔術當中，只有那種魔術，生成物的大小特別大一個。

如果用魔導操縱那種巨岩撞過去，說不定對那障壁會有效果。

至少光論大小的話，那顆**碎石**比地龍的石彈更大。

只是，我之所以到目前都下意識地把「碎石生成」屏除在攻擊選項外，是因為生成時間太長。

那個需要花上漫長時間才能生成完畢，就體感時間來說花了好幾分鐘。不過當時浮誇的生成現象以及周遭的重度破壞把我嚇壞了，因此實際上的時間或許更短就是了。但就算扣除這點不論，仍然可以確定需要很長的時間。

至於古代地龍的攻擊，發射上也有一定的時間間隔。不只如此，石彈生成本身也得花一點時間。可是，這絕不表示牠會給我那麼久的時間。在我完成生成步驟之前，有可能必須撐過一兩發地龍的石彈。

我有辦法在生成過程中，同時靈巧地發動「ＮＴＲ」嗎？

「……只能試試了。」

我已經沒剩多少魔力。從時間來看也將是一場險象環生的較勁。

沒有多餘時間猶豫了。

我將生成目標設定在右手邊的地上，集中精神。

「拜託了──『碎石生成』！」

我做好戒備，準備迎接即將發生的魔力奔流與土粒子亂舞。

對了，所以這表示我得在那視野嚴重不清的狀態下，應付古代地龍的石彈嗎……這恐怕會是一個艱難的考驗。

閃過腦海的預感讓我冷汗直流，但我仍專注緊盯地龍的嘴巴。

然而，我察覺到一件怪事。

絲毫沒有魔力奔流要發生的感覺。況且照之前的狀況，這時土粒子應該已經開始覆蓋我右側的視野了。

究竟怎麼回事？我急忙看了看右手。

然後眼前的結果讓我驚愕不已。

——在那裡，只生成了一顆跟指尖差不多，小得可憐的碎石子。

為什麼？

我大受動搖。

之前我嘗試「碎石生成」時，明明記得生成了小山般的巨岩，還把周圍的大自然破壞得亂七八糟。

我不可能記錯。

我不可能忘記那件事。

因為在那遭受破壞的遺址，我把在這世界上第一種愛吃的水果種子——以及井底一個可憐的女孩，埋進了土裡。

就在我差點變得茫然自失時，我感覺到魔太僵硬的指尖，拚命揪住我的袖子。

我猛一回神轉頭往前看。

只見地龍的血盆大口，已經開始匯聚起大量的土粒子。

「……——『NTR』！」

耳邊傳來駭人的爆炸聲與衝擊力道。

全身跟著腳下大地一起大幅震動，來勢洶洶的漫天塵土與伴隨紫色電光的瘴氣渦流就在眼前席捲一切。

霰彈般飛散的石片割傷了額頭，傷口噴出大量血花。

「嗚！該死……」

巨響與衝擊的餘威還沒完全從耳朵深處消失。視界變得狹窄，感覺頭暈腦脹。

好險。剛才心生動搖的我，完全疏忽了對石彈的抵禦。

剛才那一下，真的是間不容髮。

砲彈就落在我的身邊近處。

我一時擔心起來，看看我抱在懷裡保護著的魔太有沒有怎樣。

……還好，她沒事。

我安心地低著頭，血從我額頭上滴答滴答地流出淌落，把魔太晶瑩剔透的白細臉頰染上點點紅瀅。

這時，我發現魔太樣子有異。
她目不轉睛，注視著我流血的額頭。
她那原本呈現深紅的眼眸，變成了悲傷滉漾的深藍色。

「妳的……眼睛——」
難道妳在哭嗎，魔太？
…………
妳真傻。
明明應該是斷了手臂的妳比我痛。
「……——別擔心，沒事的。」
坦白講我覺得有事。
但只能這麼說了。
我不希望她哭泣。
我已經因為疲勞、流血與魔力告罄，使得意識開始模糊。
沒有自信能擋住下一發砲彈。

就好像在嘲笑我這副慘狀似的，我看見地龍更進一步張大了嘴巴。

一口氣匯聚的土粒子，形塑出整整大上一圈的巨岩。

這傢伙，打算用這一擊決勝負是吧？

我準備迎擊，右手對準地龍，將意識集中至極限。

早已過了考慮力量分配或保留一手的局面。我擠出剩下的所有氣力，扯開喉嚨嘶吼：

「『ＮＴＲ』！」

眼看著地龍射出的巨岩，離我們越來越近。那副景象，感覺有點像是慢動作，莫名緩慢地映入我的瞳孔。

岩石比想像中還要大。

即使我卯足全力，變色速度仍然遠遠趕不上。

一定要來得及，拜託。求你了。

然而，我的祈禱落空，彈速沒有要減慢的跡象。那個迫近而來的巨大陰影，開始徐徐與明確的死亡印象合而為一。大到離譜的岩石與瘴氣渦流，已經迫在眉睫。

啊啊，不行了。

我不幸地察覺了。這下絕對來不及。

就在死神的冰冷手掌沿著背部向上滑動的感受中，腦中浮現的，是唯一一個後悔。

魔太，我最珍惜的伙伴。抱歉，我沒能好好保護妳——

「『暴風砲彈』！」

突然間，從側面方向飛來一團巨大旋風，與地龍的石彈撞上了。

石彈與猛烈肆虐的暴風互相交鋒，更加激烈地散播出土色瘴氣。

這團突然岔入軌道的凶暴強風，憑藉其可怕的風壓一瞬間制住了巨岩的動作，然後，將其稍稍推回了幾公分。

這令人不敢置信的光景，使我懷疑起自己的眼睛。

可是，奇蹟就只發生到這裡。

古代地龍的魔導力量果然教人驚駭。緊接著旋風的集合體，就被巨岩的壓倒性力量推回，轉眼間煙消雲散。

從結果來說，這陣突如其來的旋風非但沒能破壞石彈，甚至連攔阻或使其偏離軌道都沒做到。

只不過是拖延了一點點時間罷了。
換作是一般的戰鬥，這連爭取時間都算不上。
幾乎不具意義，真的就只是極短的時間。
……但是，這一點點時間，對我來說卻已經夠了。

眼前的巨岩，已經完全變成了一片漆黑。

我轉頭望向旋風施放的方位。
在漫天飛舞的土色瘴氣深處，一名人物站在破碎大地的懸崖上。
那是一位衣衫襤褸，體格消瘦的中年男性。他戴著裂開的圓眼鏡，右耳的青綠色大顆水晶耳飾在發光。
頭髮不修邊幅地蓬蓬亂亂，看起來相當不可靠。
但此時此刻，這人的姿態卻帥氣到讓人渾身酥麻。
——是司培里亞大叔！
傷痕累累的大叔，扯開喉嚨大吼：

「……——上吧，睡伊小兄弟！」

我轉向必須打倒的敵人。

迎面瞪視大如山脈的巨龍。

受到厚實鱗片所覆蓋，好像連動都不會動的臉孔，此時第一次出現了明確的表情變化。

這種表情我很熟悉。對我而言，是老早就看慣了的反應。

簡直就像寄予絕對信賴的事物遭人奪走一樣。

例如長年相守的太太，被送貨員睡走那樣。

沒錯，就是這個表情。原來這傢伙，也能露出這麼**美妙的神情**啊。

【……對，臭蜥蜴。我就想看你這副表情。】

不知不覺間，我的喉嚨深處洩漏出不像是自己發出，彷彿迴盪自地底深淵的恐怖嗓音。

……我想我還是承認好了。

雖然對於重視理性的文明人來說，著實是不該有的失態行為。

但在魔太被牠弄哭時，老實講，我就已經發火了。

【——受死吧！】

宛如與我的怒吼相呼應，變成黑色的巨岩開始慢慢倒退，往地龍那邊飛去。
地龍顯得膽寒畏縮，用自己的腳後退了一大步。
幾乎於同一時間，隱形障壁與漆黑巨岩，爆發了激烈衝突。
巨大質量的相撞，使得駭人的衝擊波席捲附近一帶。
往周遭大量散播的土色空氣濁流，甚至無法判斷到底是瘴氣，還是塵土。
然而我連眼睛都不閉，也完全不減弱攻擊的勁道。
一般來說「ＮＴＲ」這招在對象變成一片黑色時，施法的過程可以說就已經完成，之後幾乎不用再施加魔力。至少對我而言，那點微弱的消耗量感覺只是誤差。
但我依然進一步灌注魔力，不肯罷手。
我甚至沒有覺得奇怪，自己怎麼還會剩下這麼多力量。
這時的我老實講，除了幹掉這頭弄哭魔太的蜥蜴之外，已經沒有其他念頭了。
早已逐漸將障壁推回的漆黑巨岩，此時又開始散發出更烏黑混濁的存在感。
彷彿從岩石表面滲出一般，濃烈的黑色瘴氣向外湧現。
說時遲那時快。
——散發瘴氣的暗黑巨岩，毫不費勁地撞穿了障壁。
岩石順勢命中地龍的側腹部，憑藉著恐怖的壓力陷了進去。

已然與黑色瘴氣無異的巨岩撕碎表皮，挖開肌肉，緩慢輾軋著入侵地龍的胴體內部。

我在這時，與地龍對上了目光。

地龍的偌大黑瞳，映照出眼神比平時更加凶惡的男人身影。

啊啊，這真是太糟糕了。我基本上應該是個重視和睦親善的文明人，卻擺出這種臉孔，豈不是成了個小混混？

地龍的眼瞳，染上恐懼與絕望之色。

就在牠瞳孔中的光彩，忽地熄滅的瞬間——

巨龍從內部膨大鼓脹的龐然巨軀，最後綻放出不祥的黑色閃光炸開來，化作一堆碎屑。

我繼續將魔太抱在懷裡，注視著古代地龍之死。

地龍的巨軀橫著緩緩倒向地面，胴體的大部分都已消失無形。

剩下的肉體部分，也開始慢慢瓦解。

我想起了最早做出的那些魔像，以及黑色惡魔臨死之際的模樣。

在地龍逐漸消失的身體之中，似乎只有部分古老枯朽的巨大骨骼沒有一起消失，留在原地。

戰鬥前大叔告訴過我的「半靈體」此一名詞閃過腦海。

這個未曾消亡的部分，說不定就是地龍原本僅有的肉體。

然而這些殘骸，感覺似乎也用不了一天就會崩毀消失。

我見證了戰鬥的終結後，視線才終於從失去原形的地龍身上離開。然後，我看向臂彎裡的魔太。

她寧靜地，專注地抬頭看我的臉。

我擺出游刃有餘的笑臉，盡量用輕鬆愉快的語氣，這樣對她說：

「……看吧，說過不用擔心了嘛。我只要認真起來，三兩下就搞定了。」

當然我是騙人的。

其實我差點就沒命了。

沒錯。說穿了，我只是在跟伙伴死要面子。

魔太的眼睛是紅的。

果然，妳還是笑起來比較好看。

第19話　辭別的教科書

魔太折斷的右臂，一下子就接回去了。

讓我白緊張了一頓。

我想看看有沒有辦法治好，所以試著把手臂斷口接起來，沒想到一接起來兩者便開始慢慢黏合，傷口大約兩分鐘就修復完成了。

「魔太，身體感覺怎麼樣？……能動嗎？」

魔太把手輕輕握拳又放開，像是當作回答。

動作的生硬遲緩已經消失了不少。原本嚴重僵硬的身體也似乎好了大半。

只要維持現狀，再過不久應該就能照常活動了。

我放下了心中的一塊大石。

就算萬一留下後遺症，當然，我會一輩子照料她的。

不過話說回來，古代地龍的石彈真是太可怕了。

真要說起來，無知無學的我並不是很明白魔太陷入機能不全的原理。可是，就連強壯的魔太都這副德性了。假如我這個血肉之軀直接碰到石彈，現在不曉得怎麼樣了……

不過在碰到之前，可能光是風壓就把我輾成絞肉了。

我想著這些沒用的事，同時輕鬆地跟還不便於行的伙伴出聲說：

「魔太，妳在這裡乖乖等我一下。我去看看司培里亞大叔的狀況。」

剛剛在懸崖上看到大叔時，總覺得他的衣服似乎變得更破爛了。現在又看他好像癱坐在那裡，讓我有點擔心。

畢竟我想大叔已經不年輕了。

正當我獨自走向懸崖時，背後傳來好大的咚沙一聲。

我疑惑地回頭一看，只見魔太想跟著我，卻步履不穩地摔倒在地。

…………

好啦。

我在這裡等妳，直到妳能走動就是了。

「嘿咻。」

我在魔太身邊坐下，重新環顧周圍徹底遭到破壞的大地。

真是太慘了。

自從古代地龍倒下後，土瘴氣便隨之徐徐轉淡。

但是，遭到破壞的地面並不會恢復原狀。
魔太放在地上沒收走的背籠，當然也被炸飛得一點不剩。
那可是我們倆齊心協力，好不容易才做出來的耶……
放在籠子裡的衣物、糧食，以及看到一半的《魔術入門》系列全都往生了。好傷心。
唉，《魔術入門》……我與艾默里老師兩人的學習軌跡……咦？扎連？誰啊，沒聽過。
不管怎樣，至少手邊裝貴重物品的布包完好如初，算是不幸中的大幸吧。不過真要說的話，跟那頭怪物般的古代地龍交戰過還能平安存活，就已經算是走運了。
「可是，糧食幾乎都沒了，這下旅途忽然變得前景堪憂了……」
我沒多想就喃喃自語說出了事實。
太粗心了。
坐在我身邊的魔太，頓時縮起身子低下頭去。
這傢伙是在責怪自己把背籠放著沒收好。
「沒……沒有啦。喂，聽我說。魔太，這不是妳的錯喔。」
這件事真的不是魔太的錯。
在那種狀況下，不管怎麼想都是無可奈何的。
豈止如此，現在回想起來，那時候魔太放著背籠不管似乎是為了抱起我，把我強行拖進岩石後方的關係。

…………

怎麼會這樣？

原來完全是我害的……

❖　❖　❖

司培里亞大叔果不其然，坐在懸崖上不動。

說是懸崖，但這並非原本就有的大自然地形。只不過是那頭古代地龍威力誇張的石彈，把地形挖掘成了一座巨大懸崖罷了。

坐在懸崖上的他一看到我們靠近，就舉起一隻手，露出虛脫無力的笑臉。就我看起來，他身上儘管滿是擦傷，但傷勢似乎不重。

「哎呀，哈哈……真是場驚天動地的戰鬥呢。你們倆都沒事，真是太好了。」

司培里亞大叔一邊虛弱地輕輕揮手，一邊說了。

他那副模樣，完全就是個瀕臨過勞死的上班族。看來我害他使用了過多的力量。

「幸虧有司培里亞先生在，救了我們一命……剛才差點就沒命了。」

我也露出無力的笑臉，對他揮揮手。

看在大叔眼裡，我的模樣大概也跟他一樣慘。

不，仔細一瞧，大叔原本就不太紅潤的臉色，如今已經不是慘白，幾乎是面如土色了。而且流了滿頭的黏汗。

我開始擔心他了。

怪了，看起來外傷不怎麼嚴重啊。

也許我該建議大叔到醫院做肝功能精密檢查。

「那個，司培里亞先生，你臉色很糟耶。要不要緊啊……？」

「是因為使用了『暴風砲彈』的關係啦。坦白講，我已經頭昏眼花快暈過去了。不過，不要緊。我想我只要像這樣安靜休息一下就沒事了。」

看來那招風魔術果然是大招。

從物理層面來說，古代地龍的那種石彈，連魔太卯足最大力氣的右直拳都用質量差距硬是擠贏了，而且最後一發還特別大。但那招風魔術儘管只有短短一瞬間，但確實把那石彈往回推了幾公分。

這位仁兄，也許其實是位挺高強的魔術師。

「可是司培里亞先生，真佩服你能平安脫身。我還以為你一定是被第一發石彈波及，炸得粉身碎骨了呢……」

唉，真的幸好他沒事。我由衷鬆了口氣。

「那時我是用高速射出系的風魔術，往魔夏塔露的反方向緊急避難了。不過因為太亂來，所以在落地時撞成了這副德性就是。」

難怪會這樣渾身滿是擦傷，又提升了衣服的破爛程度。

不過反正衣服本來就很破了，現在再多破幾個洞，老實講也差不了多少。

司培里亞大叔本來還在苦笑，忽然間表情蒙上一層陰霾。

「後來，我怕古代地龍怕得要死，所以一直躲在岩石後面。真是太窩囊了。」

他將目光從我臉上移開，好像沒臉見人似的低聲說。

「……我應該更早掩護你們的。真是對不起你。」

這個大叔在說什麼啊。

本來還以為他頭腦很好，難道是我弄錯了？真是個大傻瓜。

我把臉迅速逼近過去，看著垂頭喪氣的他。

「憑你那種高速移動術，我們在引開地龍的注意時，你大可以一個人逃走，不是嗎？」

我以堅定的目光，從正面定睛注視疲憊不堪的中年魔術師的眼瞳。
然後，我朝著癱坐地面的他，筆直伸出了右手。
「……可是，你來救我們了。你是一位真正有勇氣，值得尊敬的人。」
我很清楚。
在這世上只有兩種人，能為了別人不顧自身性命。
一種是不怕死的蠻勇戰士。

另一種，是具有高度尊嚴的文明人。

「真的很謝謝你——司培里亞**老師**。」

他睜大雙眼，凝視著我的臉。
在他的眼瞳深處，似乎縈繞著種種感情。
如深湖水面般靜謐蕩漾的眼瞳，在那湖底之中最深的底層，這個人究竟有何感觸，有何心思，我無從揣測。
兩個男人之間，流過一段沉默的時光。

不久，他倏地恢復成原本的穩重神情，害臊地抓了抓頭。

然後，他緊緊握住我伸出的右手。

「真是敗給你了……這樣我豈不是永遠無法狠心傷害睡伊小兄弟？」

這我從一開始就知道了。

老師是可敬的文明人，絕不會加害於我。

◈　◈　◈

「哦，你在使用『碎石生成』時發生過這種事……」

「是的，我完全搞不懂那是什麼狀況。」

我提起方才在戰鬥中發生的「碎石生成」的大小變化，向司培里亞老師請教。

因為我認為這個問題，是關乎於我使用魔術而不致失控的一件大事。

只要能找出失控的原因與對策，我今後或許可以正常使用魔術。老師想必是一位本領高強的魔術師，而且又是學者，我想他或許知道些什麼。

而且他的臉色已經好多了。

「一般來說呢，魔術的生成物，視魔術種類而定都有一定大小。不管灌注再多魔力，都不會變大。雖說根據注入的魔力而定，質量或強度會有所提升就是。」

咦，真的假的？

原來還有這種原則啊。

「嗯——這樣說吧……假如以睡伊小兄弟的情況來講，用魔夏塔露做比喻應該比較好懂。我在想，你一開始為魔夏塔露生成素體時，應該灌注了相當龐大的魔力，但並沒有做出特別巨大的魔像對吧？也就是說想製作大型魔像，必須另外準備大型魔像所需的術式。」

原來如此。畢竟魔太是我自己做的，的確很好懂。

確實就像他所說的。

我這個初學者每次都是隨興灌注魔力，分量從來沒有一定，但試作魔像們以及初期的魔太，完成的尺寸都是剛剛好將近兩公尺，從來沒有什麼變動。

話說我製作魔太時用的是看起來很高級的白色石柱，記得我在生成時鼓足了幹勁。

「不過以魔夏塔露的狀況來說，比起素體本身的強韌度，之後灌注的龐大循環魔力，在性能上應該發揮了更重要的功效。話雖如此，我也不是專門研究這方面的……啊，話題扯遠了。」

司培里亞老師輕輕乾咳一聲後，把滑落的眼鏡扶正。

「……簡而言之，大規模的魔術只能用相應的高度術式做生成。按照教科書來做，就只能做出教科書所寫的大小。這是魔術的基礎理論。」

可是既然這樣，那時我一邊閱讀如今已經往生的入門書「屬性理解」的頁面一邊生成的碎石，怎麼會變成那麼巨大異常的物體？

「就可能性而論，也許是因為你用了供入門者使用的魔術陣。」

啊，魔術陣。

我都忘了。是有這麼個東西！

我的確在理解屬性的時候，使用了寫在入門書上的魔術陣。

「『屬性理解』這回事，說穿了就是檢查一個人有無各種屬性的適性。所以不同於普通魔術，即使是該屬性的魔力轉換率較低的人……說得明白點就是才能較平庸的人，也必須讓他們成功發動魔術。因為只要得知當事人擁有一點點該種屬性的才能，正確數值之後再用個別檢查的方式去測量就好。」

原來那個是那種性質的檢查啊。

那麼就連這種寬鬆的檢查，除了土屬性之外都沒發掘出半點才能的我，到底算什麼……

「所以，扎連老師設計的那種入門者用魔術陣當中，組進了一部分擴大生成魔術規模的效果。」

「原來如此。所以『碎石生成』才會變得那麼巨大啊……」
聽到這番說明，我正要覺得茅塞頓開時，司培里亞老師卻露出有難處的表情搖了搖頭。
「不對，一般來說是不可能發生這種事的。」
「咦，是這樣啊？」
「是啊，不可能的。一般入門者用的魔術陣能做到的，頂多只是提升成功率，本來是不具多大意義的。不過就只是把魔術規模從0・9提升到能夠做評斷的1・0，並不是將1・0提升到2・0。那種魔術陣雖然從構想上來說是經過縝密計算的超高水準術式，但就如同你所知道的，仍然是經過極度簡化的簡易型魔術陣。」
講到這裡，他頓了一頓。
然後彷彿看穿了什麼般，目不轉睛地盯著我的臉瞧。
「……不過，假設有個人身懷超乎常規的魔力總量，以及超越理論上最高數值的屬性魔力轉換率，說不定就會發生這樣的失控意外。這樣說吧，純粹打個比方——」
「——例如童話故事中出現的那種，有辦法毀滅世界的邪惡魔王。」
「…………！」

我啞口無言。

看來是穿幫了。

肯定是穿幫了。

司培里亞老師已經察覺到我是「魔導王」。

想想也是啦。誰教我剛才用魔導長槍大招用了那麼多次！

當時我可是讓它滿天飛呢。因為對古代地龍一點效果都沒有，我一時嘔氣就發射了一大堆長槍。

八成全被他看見了……

真要說起來，他掩護我的時候我使用的「ＮＴＲ」，本身恐怕也是一種魔導的運用方式。這下百口莫辯了。

沒想到我居然會被司培里亞老師以預備毀滅世界等等的罪名，當成犯人逮捕……

沒辦法，就請魔太當我的律師吧。她或許無法證明我的清白，但絕對會幫我打壞看守所的監獄。

見我陷入沉默，司培里亞老師微微苦笑了一下。

然後，他和善地輕拍了一下我的肩膀。

就好像在勸導一個不受教的學生。

「聽好了，睡伊小兄弟。像你這樣明智的人，也許不用我說你也明白……不過你今天在對抗古代地龍時使用的招式，今後絕不能在他人面前使用喔。」

「是，我明白了。我會小心的……謝謝你。」

老師沒說話，只是面帶笑容點了點頭。

「好了，可怕的童話故事就暫時講到這裡吧。我們不妨圍著火堆休息一下，靜待彼此的魔力恢復如何？」

「說得對，實在是累壞了。」

見我表示同意，司培里亞老師立刻在包包裡翻找，拿出了像是木炭的東西。真是個準備周到的人。

不過話說回來，他那個單肩包裡面真是應有盡有。簡直是個魔法包包。

他在地面堆起了土，把木炭架在裡頭。

「……這樣就行了。再來只差點火。」

哦，要生火是吧。

不過，火屬性術士司培里亞啊，您目前魔力應該用光了吧。

換言之，你現在應該不能使用火魔術才對。

而且點燃木炭是一件滿辛苦的工作。比起替暖爐木柴點火，難度可是截然不同。

哼哼，這時就輪到我的伙伴登場了。

上吧，魔太！見識我們土屬性最強的生火巧技吧！

然後為此驚嘆不已，臣服於我吧！世上所有只不過是魔力耗盡就一籌莫展，脆弱又無能的各種火魔術啊！

「呵，司培里亞老師你不是魔力用盡了嗎？這裡就交給我們吧。我這就讓我家的魔太來生火……」

「嗯？不要緊的，火魔術很省魔力——『發火』。」

他面露爽朗笑容把右手一舉，一邊跟我說話一邊點燃了木炭。

火堆燃燒得燦爛美麗。

「啥……？」

一瞬間就搞定了。

戰勝古代龍的魔導王，由於徹底敗給火屬性入門魔術而渾身發抖。

我淚眼汪汪地低下頭去，坐在我身旁的魔太，不知所措地不斷幫我摸背。

第20話 老師與皮包

司培里亞老師在攪拌火堆上的一鍋燉肉。

「……好，差不多可以吃了。」

鍋裡放了神奇瓶裝罐頭食品般的肉，以及一些菜乾之類的材料。

一股讓人食指大動的香味飄來。

時間已經接近中午時分。

我們在俯瞰古代地龍遺骨的懸崖上，決定稍微提早吃午餐。

司培里亞老師忙著發揮異世界廚藝時，魔太一直在溫柔地摸我受傷的額頭。

魔太自從手臂不再僵硬之後，就一直是這樣。

照這樣看來，她在雙手還無法做細微動作之前，一定是都忍著不碰我。

「那個，魔太……我已經好了，沒事了……」

我額頭上的割傷早已完全癒合。是剛才司培里亞老師用治療魔術幫我治好的，就是之前提過的水屬性魔術。

謝謝你，水屬性。

我對水屬性的好感又提高了。

額頭部位本來就容易大量出血，其實傷口並沒有看起來那麼深。但即使如此，傷口原本的位置已經一點痕跡都不剩了，還是讓我覺得治療魔術好厲害。

該不會現代的緊急醫療已經全面敗北了吧？

這讓我想到，我一開始遇見司培里亞老師時，破掉的衣服上沾染了大量血跡，感覺還滿危急的，但既然他會使用治療魔術，能夠像這樣活蹦亂跳的或許並不奇怪。

難道說在這世界裡，這種魔術算是一種必備的求生技能？

不過，那個，怎麼說？就算是必備，我也用不來就是了……

我悄悄藏起令人傷心的現實，轉頭看向身旁的魔太。

「那個，所以呢，魔太，我的傷已經好嘍。不用再摸也沒關係……」

魔太無視於我委婉的拒絕之意，仍然一副憂心忡忡的模樣，溫柔地摩娑我的額頭。

看她摸得這麼努力用心，我不好強硬拒絕。

她到底要摸到什麼時候？

簡直沒完沒了……

對了，話說魔太現在似乎已經漸漸習慣跟司培里亞老師相處。

就像現在這樣，一派自然地跟老師待在一起。

起初魔太總是一副神經過敏的樣子，讓我心裡十分擔心。

不過如今對她來說，司培里亞老師的定位似乎已經從「礙事的殺害目標」大幅提升到「不重要」。實在是一大進步。

話雖如此，看來魔太這傢伙還挺怕生的。

照這樣下去，今後抵達村莊時會讓我有點不安……

「……來，請用。」

司培里亞老師幫我用木盤盛了燉肉。

我心懷感激地接過，喝了一口熱呼呼的燉肉湯。

呼……疲憊的身體都暖起來了……

是說燉肉裡放的這種肉，怎麼這麼好吃？

這是什麼肉，牛肉嗎？簡直就像慢火細煮的燉牛舌一樣，在口中留下少許嚼勁卻又入口即化，口感妙不可言。

這種美味，再多都吃得下。

再來一碗。

「看來你很喜歡呢。」

看到我一碗接一晚地盛湯，司培里亞老師顯得心滿意足。

「這肉真好吃呢。」

「呵呵，聽了保證嚇你一跳。這是我珍藏的帝都佳餚，是用一種名為風鳴山羊怪(Wind Yale)的魔獸舌頭經過熟成加工而成。為了慶祝我們死裡逃生，決定犒賞自己一下。」

「喔喔……」

雖然有聽沒懂，但我仍基於禮貌表示了點驚訝。

原來如此，果然是用了某種高級肉。

這種神奇肉品也是，蔓越莓蘋果大神也是，也許這個世界有很多好吃的東西。如果真是這樣，那就得感謝老天爺了。

司培里亞老師也喝著熱呼呼的肉湯，同時大大地點頭。

看來煮出來的成果很令他滿意。

「……不過我說啊，睡伊小兄弟。沒想到你竟然真的打倒了被列為諸神之一的一頭古代龍呢。」

「喔……」

我有點缺乏緊張感地回答老師的話。

因為就算都叫作神，還是有分高低啊。就像日本也有一堆什麼廁神或石頭神之類的。

「啊，我看你根本沒搞懂自己做出的事情有多誇張吧？」

司培里亞老師一眼看穿我的內心想法，把眼鏡往上一推。

「聽好了。炎龍、風龍、冰龍與地龍……這些古代龍被認為是降臨人世的諸神當中最強的存在。像這四種屬性雖然被誇張地稱為世界四大元素，其實也不過就是人類模仿四尊古代龍的屬性列舉罷了。」

「怎……怎麼聽起來好像很誇張……喔，可是實際上交戰過後，是有一些地方可以理解。像那頭龍那麼巨大又強悍，會成為這種迷信的對象也——」

我一斷定為迷信的瞬間，老師好像忍俊不住般噴笑出來。

「唔，呵呵。這樣啊，你說是迷信啊。哎呀，你的解釋方式真讓我感興趣。」

他邊說邊笑，看起來像是由衷感到有趣。

「啊，對了對了，講到迷信讓我想起來了。其實關於古代龍有種說法，認為牠們即使肉體毀滅，以後還是會復活。不過這種說法不足採信，實際上幾乎都被當成一種迷信。」

「……你說復活嗎？」

「沒錯，就是死而復生。文獻記載古代龍曾經發生過『自相殘殺』的狀況。有一份歷史久遠的紀錄提到，昔日古代冰龍曾與古代炎龍爭戰，最後因此喪命。然而古代冰龍至今仍棲息於極北之地。基於這種文獻與現實情形的矛盾，才會有此一學說。」

不不不，就算那頭生物再怎麼不可思議，死者復活也未免太不合常理了吧，老師。

他轉向滿心困惑的我，用半開玩笑的口氣這麼說了：

「所以嘍，搞不好古代地龍過一陣子，也會在某個地方復活。我想牠一定恨透了睡伊小兄弟吧。你如果下次再碰到牠就得當心了，呵呵。」

「請別這樣嚇我好嗎……」

假如發生那種恐怖片似的靈異現象，要我陪那種妖魔鬼怪來場雪恥戰，柔弱無力的我這次真的會屍骨無存。

就在我被恐怖的想像嚇到心底發毛時，吃飯時還一直溫柔摸我額頭的魔太，手輕輕地從我頭上離開。

哦，總算摸頭摸膩了啊。

從執拗的撫摸獲得解放，我鬆了口氣看向身旁的魔太。

她已經開始把蔓越莓蘋果大神切成精美的塊狀。

這傢伙，是算準了我差不多快吃完燉肉了。難怪她會停止摸我的頭！

我這個伙伴還是一樣，計算時機的技術一流。

吃完飯後水果後，我們暫時圍坐在火堆旁，喝司培里亞老師隨身攜帶的那種花草茶式飲料暖身，悠閒地談笑風生。

根據老師的說法，沿著現在這條道路往西走，似乎就會抵達他的出發地點帝都。那裡是這個國家的首都，人口也很多，據說是一座絢麗多姿的城市。

我這才鬆了口氣。這個世界的人類並沒有滅亡，不是只有我、大叔與猴子存活，充滿悲傷的世界。太好了。

此外，這時候我才得知，「魔夏塔露」是司掌殺戮與嫉妒的戰爭女神之名。

難怪我起初做自我介紹時，老師的反應有點奇怪。因為魔太外貌看起來，是這麼的柔若無骨……怎麼看都不像是殺戮的女神。況且她懂得關懷別人，性情又溫柔，感覺與嫉妒什麼的八竿子打不著關係。

然而司培里亞老師卻笑著說實際與我們相處後，覺得魔夏塔露真是人如其名。

這幾天來，他對魔太究竟產生了什麼樣的印象啊……

司培里亞老師說著這些話題，一邊喝花草茶一邊談笑。

但講到這裡時，他似乎無意間想起什麼事，說道：

「……對了，差點就忘了。睡伊小兄弟，晚點要不要跟我一起去檢查懸崖下的古代地龍遺骸？說不定可以找到有趣的東西喔。」

◆ ◆ ◆

就這樣，我們三人一起來到了古代地龍的遺骨前面。

果然很大。

雖然如今只剩下一部分腐朽的骨骸，但還是有一棟建築物那麼大。

不過就這些骨頭給我的印象，應該是無法留存太久。

應該說只是巨大，但存在感薄弱嗎……總覺得好像風一吹就會垮了。說不定骨質其實很疏鬆。

從剛才到現在，司培里亞老師都在屍骸的軀幹周圍東翻西找。

「喔！找到了，找到了。就是這個啦，這個。」

看起來似乎是找到了想要的東西。

他折回來，把手裡一個像是大石頭的東西拿給我看。

「這究竟是什麼？」

「你瞧——這就是古代地龍的『魔導核』。」

仔細一看，他握在手裡的石頭，形成了大塊水晶狀的結晶體。

啊，我知道這種結晶體。大猴子的白骨屍體裡面也有。

現在才想起來，當時我心想這玩意兒或許可以賣錢，於是跟布包裡的貴重物品放在一起，所以沒被地龍炸飛。

記得魔導核應該是那個吧，之前這位仁兄有跟我解釋過，好像是魔獸體內的器官。說是魔術生成後，就是用這種器官來操縱……

「原來如此，這就是魔導核啊……」

司培里亞老師手裡的魔導核，遠比大猴子的那幾顆大多了。

再說猴子的魔導核是帶點黑色，地龍的魔導核卻完全是大地的顏色。

假如看到的是照片，我可能會把它錯當成普通石塊。

但親眼看到真貨，就絕不可能弄錯。

這顆魔導核散發出一種難以形容的極重壓迫感，也可說是震懾人心的強烈存在感。

跟那些猴子的魔導核明顯屬於不同層次。結果猴子終究只是猴子……

「只有在體內生成極端濃厚魔力的個體，魔導核才會像這樣在身體裡結晶。不過我得說，古代地龍的魔導核真是不同凡響呢。」

簡而言之，就是只有從強悍魔獸身上才能取得晶體嗎？

或許是因為這樣，我們在小型或中型猴子身上才會一無所獲，只在大猴子的白骨屍體裡找到晶體。

那些猴子無論是大是小，全都被魔太一視同仁地一擊瞬殺，所以我一點都感覺不到強弱差別……但這樣看來，大猴子或許的確還滿強的。

「欸，睡伊小兄弟。」

「是，什麼事？」

「……這顆魔導核，能不能交給我保管？我需要用它做研究。」

「好啊，我無所謂。」

我當然二話不說就答應了。

既然是用在學術研究目的上，我不會反對。

真要說起來，我本來根本不知道古代地龍的屍骸裡有這玩意兒。若不是老師去找，我早就放著不管踏上旅程了。

再說如果是他的話一定能做最妥善的運用，對世界帶來幫助。

目前生計問題尚待解決的我，一時之間的確有想過「說不定可以賣到很多錢」這種庸俗的念頭。但對於基本上是個文明人的我而言，學術價值的重要性高過經濟價值。

呃，不過那些猴子的魔導核不曉得賣不賣得了錢？這點讓我擔心。

我想著這些庸俗的事情，但就在這時，忽然發現一件怪事。

注視著魔導核的司培里亞老師，不知為何一直沉默不說話。

換做平時的話，他這時候已經開始做各種解說了……

可能是注意到我的視線了，他緩緩抬起頭來。

老師的表情與聲調極其嚴肅。

「……好了，雖然覺得依依不捨，但我得在此跟睡伊小兄弟說再見了。我打算立刻動身，獨自前往北方。」

「咦？」

我忍不住叫出聲來。

你怎麼突然這麼說呢，老師？

你要丟下我離開了嗎？

怎麼這樣？

我……我才沒有覺得寂寞呢，可是，沒想到別離會來得如此突然。

不是說好要一起前往城鎮嗎？

我……我是沒有……沒有覺得寂寞啦。

「為……為什麼……？是忽然有什麼急……急事嗎？」

「……對。這次的事情，讓我必須去做另一項新的調查。」

他這麼回答，從神情可以看出十分堅定的意志。

那是已經打定了主意的表情。

一瞬間，我想過是否可以請他准我跟去一起做調查。但我感覺他所說的「獨自」二字，似乎蘊藏著某種不可動搖的力量。

我不禁覺得，在這種氣氛下我不便開口。

這讓我想起，司培里亞老師對於古代地龍出現在這塊土地上顯得非常驚愕。所以這恐怕不是尋常現象……

司培里亞老師見我陷入沉默，忽然好像有了什麼想法，開始從自己掛在肩上的包包裡把東西拿出來。

有像是輕巧隨身口糧的東西。

還有各種陌生的用具……這些應該是魔道具了。

他把這些隨身行李一個個扔進腰包，或是穿在身上的破爛長袍裡收好。

我漫不經心地看著他這麼做。

啊，他把古代地龍的魔導核隨手扔進去了。

一瞬間，我瞄到他把一本厚度與輕小說相仿的書，寶貝地收進腰包裡。那書的外觀跟我的教科書一模一樣，但是在魔術學院執教鞭的他，不可能現在還來學習什麼土系的入門魔術。一定是別種不同的書吧。

司培里亞老師替一些零碎物品換袋子換完後，把剩下的包包從肩膀上取下。然後，把這包包遞給了我。

這是個外型粗獷的優質黑色皮包。

這用的是什麼皮？凝目仔細一瞧，看起來有點像鱗片。

「……這個包包你拿去吧，裡面裝了糧食與水。睡伊小兄弟裝在那個背籠裡的隨身行李，都在戰鬥中被古代地龍轟飛了吧？」

「咦？」

呃，是這樣沒錯。事實上老師的這份好意讓我十分感激，可是把這個給了我，那你怎麼辦？

反倒是我有魔太，好像還有辦法撐得下去……

「沒有了這個，司培里亞老師你要怎麼辦？老師不是要直接出發去調查嗎？」

對於我的疑問，他促狹地笑著挺起了胸膛。

「哼哼哼，別小看我了。我過去可是被稱為帝立魔術學院的神童呢！聽了別嚇到，我的魔術屬性在全部十二種屬性當中，囊括了十種屬性喔！……不過也不是只要有適性，就能運用所有術式就是了。」

你……你說什麼！

雖然本來就覺得這個大叔多才多藝了，但竟然是十種屬性？

不像我只會用一種屬性，而且還是廢渣屬性一個！

人類的才能為何有如此大的差距？老天爺太殘酷了。

「不過實際上呢，只要能運用兩三種屬性的高階魔術，大抵來說一個人旅行都不成問題。比起這個，睡伊小兄弟看起來應該是專精土魔術吧？這比較讓我擔心。」

講到這裡，他顯得有些尷尬地支吾其詞。

「土魔術該怎麼說？就是……以這種場面來說，不是那麼好用。」

老師擔心得有理。

我惹人疼愛的土魔術，只能做出拋棄式的底座或廁所。

「…………謝謝老師。實在是受您太多照顧了。」

我低頭致謝，收下考究的黑色單肩包。

「別客氣，不用道謝。以慶祝可愛學生的展翅高飛來說，這不過是一點小禮物而已。只可惜我這人再怎麼說客套話，也稱不上一個好老師就是了。」

他如此說完，慈祥地拍了拍我的肩膀。

「繼續往西走，不久就會抵達人類居住的世界了。睡伊小兄弟，到時候就是你自己的故事了……就順從你自己的心意，活出自由的人生吧。」

終章

司培里亞老師面帶笑容與我告別，踏上前往北方的旅程。

我與魔太打算待在這裡再多休息一下。

畢竟我這伙伴的身體應該還沒恢復常態。

不過話說回來，我覺得這裡實在是個冷清的地方。除了背後這具瀕臨崩毀的地龍骨骸之外，就只有一片荒涼廣闊的大地。

風聲呼嘯而過。

我孤獨地深深嘆了口氣。

……我……我可沒有因為一個大叔離開，就覺得孤獨寂寞喔！

我嘆氣的同時，順便慢慢坐到地上。

然後，身體靠到背後的地龍巨大肋骨殘骸上。

我的異世界白骨屍體抗性已經接近最大值了。古代地龍的白骨屍體，對我來說不過是個恰到好處的靠背。

魔太也在我身邊，好像理所當然似的坐下。

以龍骨白柱為背景，一具精靈魔像緩慢高雅地側著身子伸腿坐下。那副模樣如夢似幻，美得充滿詩情畫意。

「……話說回來，伙伴。怎麼覺得妳看起來一副心平氣和的樣子？」

自從司培里亞老師踏上旅程以來，魔太的神情變得安適祥和多了。

一變回跟我獨處的瞬間，她就像這樣毫無防備地歪著坐，或是把肩膀內斂地靠過來。就好像抓準了機會盡情放鬆一樣。

「老師走了，妳都不寂寞啊？」

不像我突然失去可以說話的大叔，受到如此深沉的孤獨感所折磨；魔太卻好像覺得礙事的傢伙消失了，一副稱心如意的模樣。

我們之間這種謎樣的感情溫差，究竟是怎麼回事？

我與心情大好的魔太肩膀湊在一塊，想起以前養過的笨狗。

現在才想起來，那傢伙不管我有沒有精神，總是興奮開心地猛搖尾巴。

魔像真的跟狗很像耶……

我一面心不在焉地想著這些事，一面在輕鬆無壓力的狀態下讓身體往後倒。

誰知我拿來當靠背的一部分地龍肋骨，就這樣好像承受不住重量般崩垮了。

「什麼！」

該死！我就知道這具骷髏骨質疏鬆！

骨頭的大塊根部，像沙子一樣不斷崩毀灑落。

沒了背後支撐的我失去平衡，就這樣四腳朝天地往後摔倒。但就在這時，本來靠在我身邊的魔太瞬間以驚人身手繞到我背後，挺身保護我免於撞上地面。

魔太啊，原來妳是我的安全氣囊……？

「謝……謝謝妳。真不好意思，魔太。」

我一面向伙伴道謝一面想爬起來。

這時，我的右手輕輕地撞到一個硬物。

「嗯，這是？」

……是一顆褐色的蛋。

不，應該不是。雖然是蛋形，但仔細一看會發現質地像是石頭。

雖然比雞蛋大，但或許比鴕鳥蛋小。

這顆儘管不知道要算大還是小，卻有著奇妙存在感的神祕球體，躺在我的手心裡。

乍看之下，似乎不是魔導核。

魔導核的表面比這粗糙，而且是晶體。真要說起來，古代地龍的魔導核剛才已經由司培里亞老師帶走了。

那麼這到底是什麼？

總不可能是古代地龍的蛋吧。

我感覺這比較像石頭而不是蛋，況且大小也差太多了。那頭巨無霸級生物的蛋，怎麼想都應該比我的個頭還要大。

再說母體的骨骼這樣鬆散，呈現隨時可能瓦解的狀態，那麼理應同樣以鈣質構成的蛋殼，難道還能以這種光滑的狀態保存下來嗎？哼哼，哪有可能。

……我想各位應該已經發現了。由於超脫現實的古代地龍威脅已經過去，使我逐漸恢復了講求常識之人該有的正常感覺。

話雖如此，這顆存在於屍體內的圓石頭，究竟是什麼？

我思索了一會兒後，想到答案了。

是胃石。

有一些動物胃裡有石子，用來磨碎食物，幫助消化。簡言之，就像是替代牙齒的功能。

沒錯，這一定是胃石。

記得蜥腳下目等體型極其龐大的草食恐龍，體內就會有胃石。

現在想想，古代地龍那些巨大犄角給人的印象等等，是有點像三角龍。況且我記得恐龍一詞的定義，在學術上其實還滿寬鬆的。

原來如此，也就是說……

——換言之，古代地龍就是恐龍！而且是草食性！

喂喂，真的假的啊。那傢伙原來是恐龍？

話說我明明是魔王，卻差點就被只是比較大一點的草食性恐龍或一群猴子殺掉……

我早就隱約覺得，所謂的魔導王，搞不好根本只是小角色？

「不過這顆石頭，好像可以賣到很多錢呢。」

我隨手撿起不可思議的小石球，隨便扔進了黑色單肩包裡。

古代地龍的胃石，感覺好像很值錢。

沒錯，就像鯨魚的膽結石市價也是高到離譜。

我像這樣把手塞進包包裡，無意間有了個想法。

「有了。難得有這個新皮包，就把布包裡的貴重物品移過來好了。」

剛才司培里亞老師送我的這個單肩包，看起來遠比布包高級耐用多了。怎麼看都是這個包包比較適合裝貴重物品。

我坐回地面上，一邊在布包裡翻翻找找，一邊拿出裡面的隨身行李。

魔太在我身旁，興味盎然地看著我做事。

我拿出裝了硬幣的錢袋與整疊紙鈔、裝滿猴子魔導核的皮袋、收在精美刀鞘裡的綠色金屬小刀，以及美味的蔓越莓蘋果大神。我把這些連同其他幾件物品，動作俐落地一一塞進單肩包裡。

這樣重新看起來，光看外觀還真有一筆財產的感覺。

「差點忘了。這個也得收好才行。」

我從布包底層，拿出了上下一套的睡衣。

就是我從原本的世界穿來的那件老土睡衣。

印在藍色布料上的黃貓……不，還是倉鼠？這傢伙長得真有夠醜的。可是仔細瞧瞧又會覺得長得挺可愛的，或許算是唯一的安慰吧。

我唉聲嘆氣地，對著黃色謎樣動物的臉說道：

「弄到最後，你竟然變成了我的名字。還真是出人頭地了呢。」

睡伊．勞土。這個怪名字雖然是我一時隨口亂講的，但既然這世界的人聽了不覺得奇怪，假如今後我遇到其他人，或許暫時該用這個名字自稱。況且我也想不出其他更適合的假名。

就在我一邊這麼想一邊跟黃色醜貓互相注視時，坐在我身旁的魔太伸手過來，輕輕地把睡衣從我手中拿走。

「………？」

奇怪，魔太這傢伙想幹嘛？

我心裡費疑猜，看看她要做什麼。只見她把睡衣放在大腿上，仔仔細細地，慢慢地開始摺衣服。她那白皙玉指的動作既溫柔又纖細，簡直好像把我的睡衣，當成了世間僅有的奇珍異寶一樣。

伙伴啊，妳不用這麼慎重對待我的便宜睡衣沒關係的……

看到魔太把摺得整齊漂亮的睡衣寶貝地收進包包裡，我從布包裡拿出最後剩下的地圖。然後啪沙一聲攤開地圖。

「就司培里亞老師的說法，從這裡往西最多走四天，就能走出瘴氣之地……」

老師說這附近地區屬於西風帶氣候。

假如土瘴氣的來源是古代地龍，那麼瘴氣被風吹動擴散造成的災害，自然都會集中於東部地區。因此反過來說，此地以西的受災情形就不會太嚴重。老師是這麼說的。

我用地圖確認位於道路前進方向上的村落位置。離我們目前的所在地不遠處，似乎有個小村落。今晚就在這村子裡借間空屋住一宿吧。

從地圖上來看，前方還零星分布著幾個村落。

在這些沿路村落當中，有個地方讓我很在意。

「只有這個村落，規模還滿大的。搞不好不是農村之類的聚落，而是城鎮也說不定……我看看，地名叫什麼來著？」

我唸出這個規模較大的聚落名稱。

「哦，『緹巴拉』是吧……」

魔太突然從我身旁探出頭來，湊上前看地圖。

精靈的長耳朵碰到臉頰，弄得我好癢。

「希望這座城鎮有人居住。」

就在我對魔太這麼說時，她的眼眸像是心生動搖般微微蕩漾，視線稍稍挪到一邊。

很少看到她做出這種反應。

「嗯？看妳的表情，該不會是不想進城吧？」

魔太自從化身為希臘雕像外型後，情緒變化就像這樣變得好懂了一點點。我做錯事害她變成美少女人物模型時真的很難受想哭，但現在發現有助於了解她的想法，其實還不賴。

「我這伙伴這麼嚴重怕生，實在是個問題呢。」

不過，狗狗其實很容易發生這種情況。一隻狗如果從小到大都只認識主人，長大後就會變得不擅長跟外人相處。

我想魔像大概也是一樣吧。

這下糟了。得早點讓我家的魔太嘗試跟別人來往才行。

「……別人，是吧。」

不只是為了魔太，當然也為了我自己，我希望能早點抵達人類聚落。

再說，從司培里亞老師給我的感覺，我猜這世界的其他人一定也不是壞人。我對這世界的人類抱持著高度的正面期待。

或者應該說……

至今我與魔太在這世界遇到的生物，就只有猴子、大叔與恐龍——

這算哪門子的組合？

不夠。決定性地不夠。

我們的旅程，實在是過度缺乏滋潤。

我一邊看著地圖，一邊脫口而出：
「希望到了人類聚落，可以跟異世界的女生來一段美好的邂逅……」

啪的一聲。

拿在手上的地圖，掉到地上了。
是魔太忽然用手打掉了地圖。
她的動作溫柔至極，竭盡所能不傷到拿著紙張的我。事實上，她連我的手都沒碰到，我本人完全不痛不癢。但只有拿在手上的地圖，令我驚訝地一下子就被打掉了。
「喂，魔太，妳幹嘛啊？」
這份地圖可不是妳的玩具喔。再玩我就要凶妳了。
我一面無奈地嘆氣，一面撿起掉在地上的地圖。
然後，我輕輕撣掉地圖上的灰塵。
「聽好了，伙伴。這可是重要的路標，能夠引導我們這對搭檔遇見異世界的眾多迷人淑女。要是弄髒看不清楚，那可就傷腦——」
啪的一聲。

地圖又被魔太拍掉，掉到了地上。

……喂。

「就說不可以玩地圖了，魔太。」

真是，拿妳這傢伙沒辦法。

我早早把地圖摺好收進包包裡，以免魔太又來搗蛋。

「好，這樣就行了。」

雖然遭受到伙伴的意外妨礙，不過行李的重新打包就這樣大功告成。我想休息得也差不多了，該出發了。

魔太應該已經可以正常走動了才對。從剛才摺睡衣或拍掉地圖的動作看來，她的手指僵硬感已經完全消失。

我也是，雖然還有點疲倦，但身體狀況已恢復到可以走路的程度。

這種魔力耗盡時特有的，彷彿全身虛脫般的倦怠感實在很難適應。雖然休息了幾小時恢復了一點力量，但我猜想在戰鬥剛結束時，魔力應該是用到一點都不剩。

「不過好吧，這點程度的疲勞……比起製作魔太的時候，或許已經**算不錯**了。」

正是如此。即使打了那麼一場硬仗把自己累個半死，至少我意識一直保持清醒，身體也能動，而且在還算短的時間內，就像這樣順利恢復到可以走遠路的狀態。

這樣想來，我在製作魔太時可說情況相當危急。

因為那時候的魔力耗盡症狀實在是太嚴重了。身體完全不能動，躺了超過兩天才終於恢復健康。搞不好失去意識陷入昏睡狀態的天數比我想像中還要長也說不定。

好險。沒想到生成魔像，居然是攸關生死的危險行為。入門書上怎麼都沒提到啊……

總而言之。

「…………我一輩子都不會再做『魔像生成』了。」

就在我如此說出口，在心中鄭重發誓時，一旁的魔太突然整個人壓到我身上來。

她逼近到幾乎與我臉貼臉，眼眸如星空般閃閃發亮。

依偎著我的柔嫩肢體，散發著高溫熱氣。

魔太的纖瘦肩膀，按在我的胸前。

長耳朵細微地一抖一抖，顯得相當開心。

「……幹嘛突然這樣啊，這麼高興。」

這傢伙人生過得真愉快。

她這種謎樣的活力與好心情，要是能分一點給累壞了的我該有多好。

我摸了一會兒偎近我懷裡的魔太的後腦杓，然後慢慢站了起來。

接著我先大大伸個懶腰，再轉頭看向魔太。

「好，我們走吧，伙伴。」

我面帶笑容簡短地說，朝著席地而坐的魔太伸出右手。

她做出回應，左手往我這邊伸過來。

魔太的纖細指尖戰戰兢兢地，試探性地伸過來碰我的掌心，顯得還有點膽怯。

我緊緊握住了她這隻手。

魔太被我一拉，動作輕如微風地站起來。她拉起來的感覺好輕巧，使我有點用力過猛，我與魔太兩人原地轉了半圈。

感覺好像在跳舞一樣。

我覺得很有喜感，忍不住笑了出來。

魔太忽地將臉湊近過來，相對的視線產生交錯。

我在極近距離內注視她紅寶石似的美麗眼眸，看見宛如和煦陽光般，豐饒富足的明亮光彩。

延伸於紅土大地上的兩道人影，不知不覺間互相重疊，合而為一。

來吧，讓我們再度啟程。

讓手牽著手互相凝視的我與她，展開兩人的旅程故事。

魔術入門

Guide

第Ⅰ卷　全屬性概述

《魔術入門》系列，將在本書第Ⅰ卷針對全屬性做粗略解說，再從第Ⅱ卷開始逐步傳授各屬性之入門魔術。此外，讀者也可藉由實行本書當中記載之「屬性理解」，以得知自己具有何種屬性之適性。

第Ⅱ卷　火屬性魔術入門書

◉火屬性（生成系──能量變質※1）

四大元素之一，司掌炎熱之屬性。此種屬性的魔術常適於戰鬥，具有攻擊性質。此外，以生成系而論具有傲人的耗能效率，一般認為在魔力與直接破壞力之比例上居全屬性之冠。具備此種單純的強大力量加上易於使用，為此一屬性博得了極高人氣。

※1　將魔力轉換為熱能或動能的屬性。藉由注入龐大魔力的方式，可暫時增加生成物的內含能量。

第Ⅲ卷　風屬性魔術入門書

◉風屬性（生成系──能量變質）

四大元素之一，司掌御風之屬性。法術可運用在攻擊、防禦、移動、通訊等各方面，應用範圍極為豐富。由於修得此種屬性等於獲得如此多彩的技術，因此風屬性對於決心成為魔術師的人而言，是夢寐以求的適性之一。包括「魔獸使」在內，自風屬性衍生之特殊魔術師類型多不勝數。

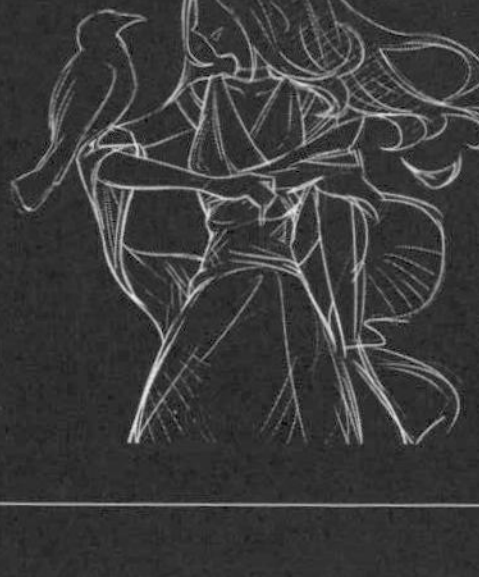

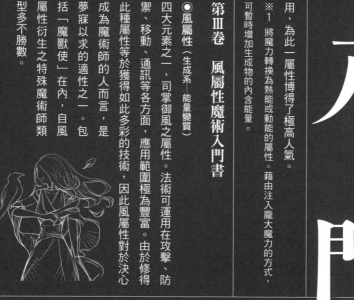

第Ⅳ卷　土屬性魔術入門書

◉土屬性（生成系——質量變質※2）

四大元素之一，司掌土石之屬性。生成位置限定於地表，且因為生成物為具有質量之固體，因此無法指定移動向量。基於此種性質，很多魔術只能在極其受限之狀況下方能發揮有效性。由於其極端地難以運用加上泛用性低，一般認為沒有一個魔術師會僅僅專修土屬性之普通魔術。此外，土屬性之適性不易與火屬性或冰屬性等適性同時顯現。然而土屬性具有另一重要特質，也就是傳承了失落的古代魔術——魔像相關魔術，此種魔術極其優異，足以彌補上述之多種缺陷。專精役使魔像的特殊大魔術師，被稱為「魔像使」。

※2　將魔力轉換為質量的屬性。藉由注入龐大魔力的方式，可暫時增加生成物的質量。

第Ⅴ卷　冰屬性魔術入門書

◉冰屬性（生成系——能量變質）

四大元素之一，司掌冰冷之屬性。與土屬性相同，不可指定生成物之移動向量，但是能夠於空氣中指定生成座標，實際上可以利用高低差距等方式進行強力的質量攻擊。此外，生成時間也較土屬性為短。基於這些性質，此種屬性傾向被視為土屬性之高階版本或水屬性之支流，但實際上其術式原理乃是以熱能操縱為主體，反而比較近似於火屬性。在生成系屬性當中，耗能效率僅次於火屬性。

第Ⅵ卷　水屬性魔術入門書

◎水屬性（生成系—質量變質）

司掌水流之屬性。由於生成物屬於流體，可指定移動向量。儘管直接性之攻擊魔術種類不多，但法術應用範圍極廣。值得一提的是豐富的治療魔術，一般認為在所有治療魔術當中，足足有八成以上屬於水屬性。

第Ⅶ卷　雷屬性魔術入門書

◎雷屬性（生成系—能量變質）

司掌雷光之屬性。儘管多為性質特殊之魔術，然若運用上手將能發揮強悍無比之力量。與雷電給人之攻擊印象略有出入的是，此種屬性也含有多種醫療系統或是可應用於生活層面之魔術。尤其是可發光之光明系統魔術更因其便利性而大受歡迎。

第Ⅷ卷　命屬性魔術入門書

◎命屬性（生成系—質量變質）

司掌生命與肉體之屬性。具有極強治療能力，甚至能夠施展一般所謂高度醫療的治療魔術，治療正常水屬性魔術所無法治癒之傷勢。此外，此種屬性也是唯一能夠治療身體部位缺失之屬性。擁有此種適性者十分罕見，高階術士更是寥寥無幾。

第Ⅸ卷　虛屬性魔術入門書

◎虛屬性（生成系—能量變質）

司掌虛無之屬性。擁有此種屬性之適性者，可將魔力轉換為純粹能量。擁有此種屬性之適性者儘管不如命屬性稀少，但也極其罕見。此種屬性也可稱為「無屬性」，只是無人如此稱呼。生成速度居全生成系之冠，再加上法術軌跡難以目視，適合用於突襲。此外，部分高階

龍族使用的魔力障壁「龍壁」，被認為具有與虛屬性相似之性質。

第X卷　血屬性魔術入門書

◎血屬性（非生成系——肉體操縱）

令血液沸騰之屬性，以血液為法術媒介強化體能。對象只限自身肉體，一次僅限一種法術能夠生效。專精此種屬性之特殊魔術師，稱為「魔術戰士」。這些擅長物理戰鬥之人在魔術師當中獨樹一幟，也較為善於對付魔像使。

第XI卷　靈屬性魔術入門書

◎靈屬性（非生成系——精神操縱）

解讀記憶與精神之屬性，可控制對象之記憶或深層心理。法術效果無與倫比，但相對的發動條件極其嚴苛，在正面交戰時幾乎無法派上用場。專精此種屬性之魔術師，稱為「咒靈師」。此外，原本將於主角受到召喚後刪除改寫其記憶與人格之「魂轉寫」，正是此種靈屬性當中最強層級的魔術之一。

第XII卷　時間屬性魔術入門書

◎時間屬性（非生成系——時間空間操縱）

統御時間與空間之屬性，可干涉空間或時間之流動。此種屬性基本上多用於和平用途，例如糧食之長期保存。但另一方面，將主角呼喚至這個世界之「毀滅魔導王召喚」術式，也是以時間屬性為其主體。時間屬性之魔術由於術式原理極端複雜，一般不會由單一魔術師進行運用，大多需要多人合併詠唱，或是以魔道具、魔術陣等等從旁輔助方可生效。

後記

非常感謝各位買下本書。

我是作者北下路来名。

本書《毀滅魔導王與魔像蠻妃》是以網站公開的同名小說為原本，對全篇文章進行潤飾修正而成的一本小說。

當初在網路一隅開始創作的時候，實在是作夢也沒想到有一天能像這樣出書問世。

畢竟這是個以嗜血病嬌石像為女主角的故事嘛。

……現在冷靜地寫出來一看，老實講，只能聞到危險恐怖的氣味。可是以內容來說又完全沒說錯。

對於這種發源於網路的作品，我想各位讀者最關心的一件事，就是成冊出版時內容會有哪些改變。

關於這點，身為作者的我本來想在後記做個說明。只是現在一提筆，坦白講我覺得「更改的地方太多，陷入難以向初次接觸的讀者解釋的狀況」。其實光是現在手邊整理出更改處的作業筆記，就厚到可以發行小冊子了……

本書除了於各處追加新場面這種顯而易見的更動之外，更大的一點是替世界觀加入了更豐富的細節。

好讓快速瀏覽的讀者能夠輕鬆但確實地獲得樂趣，同時讓願意反覆閱讀的讀者每次重溫都能有新發現。

這是我對追加內容的期許。

心中悄悄期望它能成為一本越嚼越有滋味，有如魷魚乾的好書。

……不小心講太多一本正經的真心話，坦白講導致作者的精神已經瀕臨極限，但不能就此力盡身亡。

本書能夠像這樣付梓出版，過程中得到了非常多的人士鼎力相助。

請讓我借用這裡的版面，向各位由衷表達謝意。

首先是對於我強人所難的過分要求，以多種精彩專業本領與美麗圖畫一一實現的插畫家芝老師；將本書裝幀得如此精緻，書籍設計的Boogie Design公司；細心校閱文章，負責校正工作的東京出版サービスセンター公司；對女主角魔太的熱情顯然超越作者的藤田總編輯。

然後是與我沒有任何直接往來，得不到任何一點回報，卻仍親切地默默支持本作的《OVERLORD》作家丸山くがね老師。

同樣也要感謝在網路連載時，以各種方式溫暖援助我的各位。

大家的每一項幫助，都直接成為了作品的血肉。

其中只要缺少任何一人，我敢肯定本書就不會是現在的模樣。真的很感謝大家。

最後。

我現在最想道謝的，是賞光買下本書閱讀的眼前的您。

我對您的愛是真心的，請跟我結婚。

二〇一八年七月　北下路来名

「毀滅魔導王
與
魔像孌妃」

恭喜本書出版發行！

生手經驗不足，但仍然努力
繪製了插畫，希望能讓大家
更深入享受北下路来名老師的
精彩作品。
謝謝各位賞光購買!!

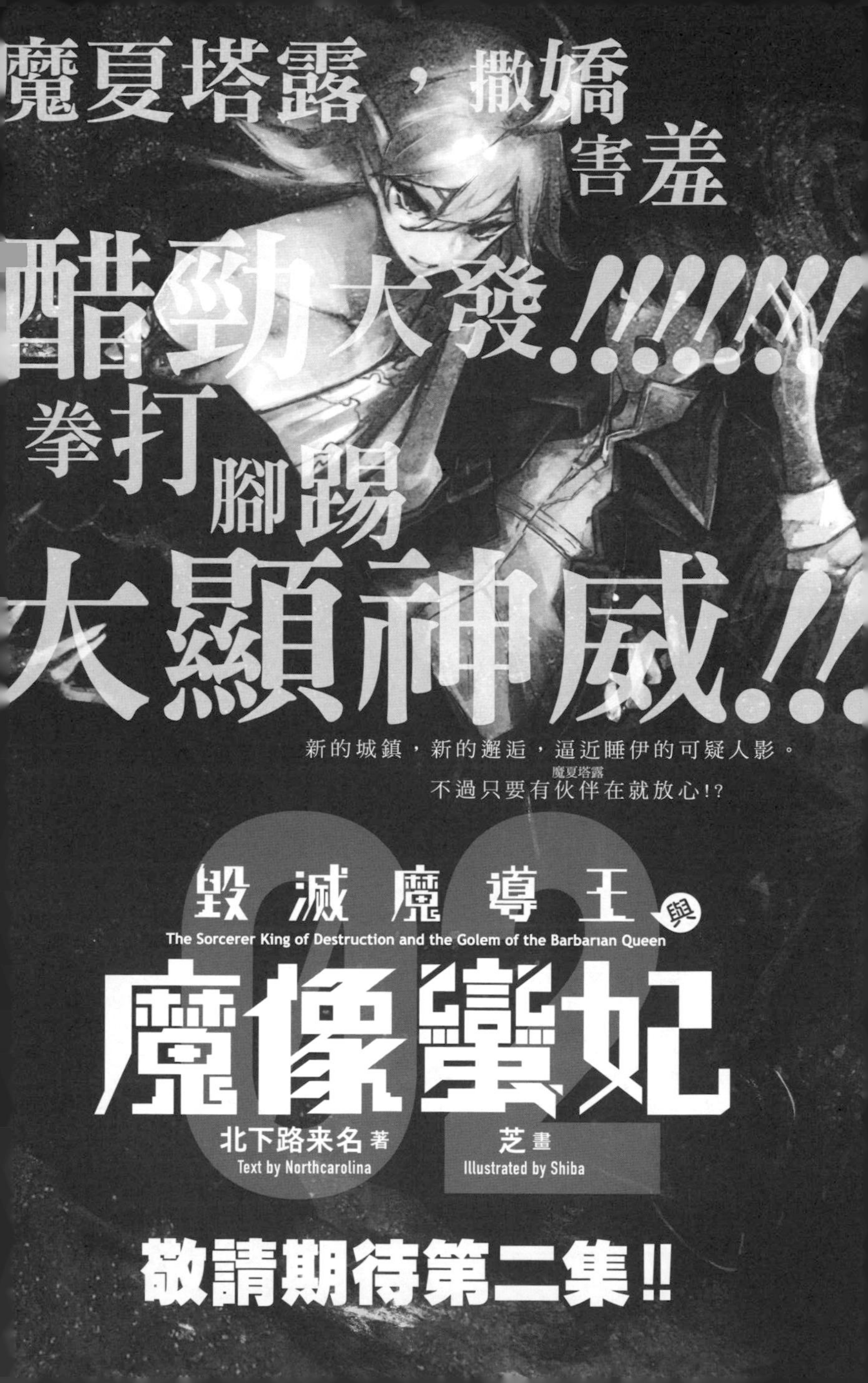
魔夏塔露，撒嬌
害羞
醋勁大發!!!!!!!
拳打
腳踢
大顯神威!!!
新的城鎮，新的邂逅，逼近睡伊的可疑人影。
不過只要有伙伴(魔夏塔露)在就放心!?
02
毀滅魔導王與
The Sorcerer King of Destruction and the Golem of the Barbarian Queen
魔像蠻妃
北下路来名 著
Text by Northcarolina
芝 畫
Illustrated by Shiba
敬請期待第二集!!

魔王學院的不適任者3
MAOH GAKUIN NO FUTEKIGOUSHA
~史上最強的魔王始祖，轉生就讀子孫們的學校~
作者†秋
Illustration†しずまよしのり
Kadokawa Fantastic Novels

國家圖書館出版品預行編目資料

毀滅魔導王與魔像蠻妃 / 北下路來名作；陳柏翰、可倫譯. -- 初版. -- 臺北市：臺灣角川, 2020.04-
冊；　公分. -- (Kadokawa fantastic novels)

譯自：破滅の魔導王とゴーレムの蛮妃
ISBN 978-957-743-700-6(第1冊：平裝)

861.57　　109001895

Kadokawa
Fantastic
Novels

毀滅魔導王與魔像蠻妃 1

（原著名：破滅の魔導王とゴーレムの蛮妃 1）

2020年5月11日 初版第1刷發行

作　　者：北下路来名
插　　畫：芝
譯　　者：陳柏翰、可倫
發 行 人：岩崎剛人
總 經 理：楊淑媄
資深總監：許嘉鴻
總 編 輯：蔡佩芬
主　　編：朱哲成
美術設計：吳佳昫
印　　務：李明修（主任）、張加恩（主任）、張凱棋
發 行 所：台灣角川股份有限公司
地　　址：105台北市光復北路11巷44號5樓
電　　話：（02）2747-2433
傳　　真：（02）2747-2558
網　　址：http://www.kadokawa.com.tw
劃撥帳戶：台灣角川股份有限公司
劃撥帳號：19487412
法律顧問：有澤法律事務所
製　　版：尚騰印刷事業有限公司
ＩＳＢＮ：978-957-743-700-6